흰 빨래는 희게 빨고
검은 빨래 검게 빨아

박순원

충청북도 청주에서 태어났다.
2005년 『서정시학』을 통해 시인으로 등단했다.
시집 『아무나 사랑하지 않겠다』 『주먹이 운다』 『그런데 그런데』 『에르고스테롤』
『흰 빨래는 희게 빨고 검은 빨래 검게 빨아』를 썼다.

파란시선 0088 **흰 빨래는 희게 빨고 검은 빨래 검게 빨아**

1판 1쇄 펴낸날 2021년 10월 10일
지은이 박순원
디자인 최선영
인쇄인 (주)두경 정지오
펴낸이 채상우
펴낸곳 (주)함께하는출판그룹파란
등록번호 제2015-000068호
등록일자 2015년 9월 15일
주소 (10387) 경기도 고양시 일산서구 중앙로 1455 대우시티프라자 B1 202호
전화 031-919-4288
팩스 031-919-4287
모바일팩스 0504-441-3439
이메일 bookparan2015@hanmail.net

ⓒ박순원, 2021, printed in Seoul, Korea

ISBN 979-11-91897-05-0 03810

값 10,000원

흰 빨래는 희게 빨고
검은 빨래 검게 빨아

박순원 시집

시인의 말

아무거나 써 놓고
시라고 우기는 정신
오직 그 정신만이
시를 만든다

차례

시인의 말

제1부

흐르는 강물처럼

　갑은 갑의 논리가 있고 을은 을의 논리가 병은 병의 논리 정은 정의 논리가 있다 사실 정의 논리는 논리라고 하기도 좀 그렇다 갑 오브 갑은 논리가 필요 없다 정이 어느 날 이걸 꼭 해야 하나요? 되묻는 순간 병이 된다 질적 변화 비약을 하려면 자신을 버려야 한다 얼음이 물이 되고 물이 수증기가 되는 것 철광석이 쇠가 되고 쇠가 철판이 되고 다시 자동차가 되는 것과 마찬가지다 갑 오브 갑이 이게 왜 여기에 있지? 중얼거리면 이게를 둘러싼 모든 것들이 긴장한다 갑 오브 갑도 라면이 먹고 싶을 때가 있다 날아가는 비행기에서는 기압이 낮아 병이 정이 아무리 발버둥 쳐도 라면을 맛있게 끓일 수가 없다 그래서 을이 필요하다 을이 을을을 을질을 해 주면 이를테면 비행기 고도를 낮추어 라면을 맛있게 끓이고 다시 올라간다든가 생각을 해 보면 방법이 있을 것이다 물이 흐르듯 자연스러운 일이다

흰 빨래는 희게 빨고 검은 빨래 검게 빨아

진주 남강 빨래 가니 산도 좋고 물도 좋아
우당탕탕 빨래하는데 난데없는 말굽 소리
고개 들어 힐끗 보니 하늘 같은 갓을 쓰고시
구름 같은 말을 타고서 못 본 듯이 지나더라
흰 빨래는 희게 빨고 검은 빨래 검게 빨아
집이라고 돌아와 보니 사랑방이 소요터라

진주에 간다 진주성 촉석루 진주냉면 진주비빔밥 『토
지』에서 대처였던 곳 박경리가 다녔던 진주여고 성선경은
마산에서 오고 조민은 다섯 시쯤 수업 끝나는 대로 술을
마시겠지 소주 맥주 회를 먹겠지 고기를 먹겠지 진주 진주
진주 같은 도시 진주 남강 진주 남강 빨래 가니 산도 좋고
물도 좋아 우당탕탕 빨래하는데 난데없는 말굽 소리 나는
고속버스를 타고 간다 광주에서 두 시간 사백 리 길 고속
버스터미널은 남강이 휘돌아 볼록 튀어나온 곳에 있다 대
합실 위층에 서점도 있다 진주고속버스터미널 이 층 헌책
방은 신기하고 신기하다

진주에 다녀왔다 성선경을 만나서 어디에나 있는 뼈다
구해장국에 진주막걸리 한 통 딱 두 잔씩 나누어 마시고

진주성을 한 바퀴 돌았다 촉석루 의암 논개사당 진주국립박물관 서장대 북장대 외국인 관광객 남강은 잔잔하고 군데군데 깃발들도 잔잔하고 금요일 오후 햇살은 나른하고 벤치에 앉아 커피도 마시고 성선경은 내년이 환갑이다

성벽을 따라가서 인사동 골동품상을 도는데 성선경이 문득 주인을 불러 저 새카맣고 반질반질한 반다지가 얼마냐고 주인은 고리마다 용머리를 새긴 반다지는 흔치 않다고 이건 자기가 가지고 있는 거라고 얼마라고 말하기가 좀 그렇다고 나는 통영 김약국이 만드셨냐고 주인은 김약국을 좀 안다는 듯이 싱긋

진주중앙시장까지 걸어와서 오뎅을 한 개씩 먹고 국물을 한 컵씩 마시고

로타리 커피숍에서 아메리카노 두 잔 손님은 우리밖에 없었다 성선경 웃는 소리 말소리가 카페를 쩌렁쩌렁 울렸다 노트북으로 뭘 하던 여자 주인이 가끔 돌아보았다 리필은 공짜 네 시나 됐나? 호텔에 들어가서 막 엉덩이 붙이려는데 조민한테 전화가 왔다 혁신도시 충무공동 우체

국 앞 택시

나주 혁신도시에 한국전력이 있다면 진주 혁신도시에
는 LH가 있었다 거대한 LH 틈에서 우리는 대방어 모듬회
다섯 시 반부터 서빙을 한다고 삼십 분 동안 물만 마시며
술도 없이 수다를 떨었다 나는 조민 같은 사람이 무슨 걱
정이 있을까 싶었는데 무릎이 아파서 병가 냈다가 복직한
지 일주일 관절염 수술받은 선경이 형 형수랑 필라테스 한
의원 도수 치료 꽤 오래 통화를 했다

회는 쫄깃쫄깃 고소하고 달고 소주는 쓰고 맥주는 시
원하고

조민 차를 타고 시내를 돌다 강변에 예쁘게 불이 켜진
찻집을 보고 내가 저기 좋지 않나? 했더니 조민이 친구 집
이란다 들어가니 색소폰을 연주하고 포도주 발렌타인21
김밥 과일 치즈 계통 없이 펼쳐져 있었다 교감 선생님 유
치원 원장 카페 설계한 사람 지은 목수 등등등 조민은 자
기 딸 아플 때 많이 도와준 친구들이라고 했다 나는 꿈이
냐 생시냐 일단 발렌타인부터 두 잔 따라서 마셨다 그리

14

고 아무 술이나 아무하고나 따라 주고 받아먹고 정신없이
노는데 아뿔싸

성선경이 꾸벅꾸벅 할 수 없이 조민 차에 구겨 넣고 그
와중에 길치 조민이 호텔을 못 찾아 대충 내려주고 갔는
데 맥주 네 캔 사서 이리저리 돌다 보니 아주 옛날같이 아
가씨들이 유리창 안에서 아직도 이런 데가 있나 한참 쳐
다보다가 호텔을 찾아들어 가서 나는 맥주를 홀짝홀짝 성
선경은 담배를 뻐끔뻐끔 뭐라고 신나게 서로 떠들다가 잠
들었는데

나는 다음에 시집을 내면 제목을 '흰 빨래는 희게 빨고
검은 빨래 검게 빨아'로 할 것이라고 했다 그리고 '아무거
나 써 놓고 시라고 우기는 정신 오직 그 정신만이 시를 만
든다' 서문도 써 놓았다고

제목도 있고 서문도 있는데 시가 없네 시가 없어서 시
집을 못 만드네 물이 끓는데 라면이 없네

우리는 한참을 웃었다

나는 애면글면 제출한 논문이 게재 불가 반려되고 학
교는 내년부터 오십 분 수업한다고 시간표 다 뒤집어엎어
뒤숭숭하고 아내는 백오십 이백 벌 데만 있으면 그냥 청
주로 돌아오라고 나는 아무리 둘러봐도 백오십 이백이 어
디서 나오냐고

우리는 한참을 같이 웃고 좋은 친군데 조민은 조민대
로 성선경은 성선경대로 진주는 진주대로 시름이 깊고 각
자각자 살다가 사는 중에 이렇게 만나서 그래 시라도 쓰
기를 잘했다

하늘 같은 갓을 쓰고서 구름 같은 말을 타고서 못 본 듯
이 지나가는 나쁜 새끼들

나는 우리는 흰 빨래는 희게 빨고 검은 빨래 검게 빨아
맑은 공중에 반짝반짝 널어놓고 잠시 걸터앉아 자기 무르
팍을 주무르며

멧새 소리

교양교육원장은 글쓰기 향상도 수치를 제출하라고 했
다 영어는 이미 영어 학습 능력 향상도 영어 학습 전략 동
기 향상도를 제출했다 평균 표준편차 유의확률 사전 사후
진단평가 결과 평균값 유의미한 상승 사전 사후 설문조사
결과 내적 목표 과제 가치 자기효능감 시연 정교화 조직
화 영역 유의미한 평균값 상승

내년에 수십 억이 걸린 평가에서 영어하고 딱 비교해서
문제 생기면 독박 쓰시겠냐고

고개를 갸웃거리는 동안 영어 선생이
그게 왜 안 되지? 이상하네

그동안 얼마나 게으르고 안일했던가 세상이 어떻게 돌
아가는지도 모르고 잘 알겠다고 고맙다고 말씀드리면서
뒷걸음으로 물러 나오면서 머릿속은 온통 평균값이 상승
하지 않으면 어쩌나

글쓰기들 모여앉아 오랜만이라고 반갑다고 건들건들
싱글싱글 각자 자신이 맡은 반에서 한 반씩 글쓰기 향상

도를 측정해서 수치로 제출해 주세요

서문시장 육거리시장 동영상 찍고 인증샷 찍고 조별로 발표시키던 선생 영화 보고 토론 토론 감상문 선생 소중한 물건 하나씩 가져와서 교탁에 올려놓고 썰을 풀고 썰을 풀다 가끔 눈물 찍 콧물 찍 선생 죽으나 사나 자기소개서 학과 소개 학업 계획 "그게 솔직한 거냐? 바보지" 선생 학과 신문을 만든다고 취재해라 인터뷰해라 선생 모든 수업을 PPT로 만들어야 직성이 풀리는 초짜 선생 아연 아연 아연

단어 선택 맞춤법 구두점 띄어쓰기 들여쓰기 내어쓰기 흘려쓰기 갈겨쓰기 글 간격 줄 간격

종이컵을 만지작거리며 종이컵에게 말하듯이 그동안 우리끼리 너무 행복했습니다 이제 세상으로 나가야 합니다 망아지 같은 글쓰기들이 여물통 앞에 선 것처럼 나란히 나란히 며칠 후

깨알 같은 숫자들이 날아왔다 조심조심 쏟아질라 엎어질라 숫자들을 모아 새로 표를 만들고 블록 합계 블록 평

균 향상도 3.7 학생들의 글쓰기 능력이 3.7만큼 향상되
었다 물론 반올림 이 작고 아름답고 만만한 숫자를 엄지
와 검지 사이에 넣고 오랫동안 만지작거렸다 아, 이 탄력
과 볼륨

　이제 지옥에 가도 할 말이 생겼다 우리는 학생들 글쓰
기 능력을 3.7 향상시켰습니다

　가르마 같은 논길을 따라 꿈속을 가듯 걷는데
　고맙게 잘 자란 보리밭처럼 3.7

바르게 정확하게 간결하게

남들이 가슴에 손을 얹고 반성을 하는 동안 나는 면도를 하고 머리를 감는다 그리고 학교에 나가 맞춤법 띄어쓰기 올바른 어휘 선택 등등등 몇일 그럴리가 자주 틀리는 사례를 보여 주고 한글맞춤법은 쉽다고 세종대왕이 쉽게 만드셨다고 쉬운 말을 쓰면 안 틀린다고 승차홈 하차홈을 타는 곳 내리는 곳으로 고쳐 준다 부락은 일본말이니 쓰지 말라고 일본에서도 천민들이 사는 곳이 부락이라고 동네 마을 얼마나 좋으냐고 방풍림을 바람막이숲으로

'내가 사랑하는 그녀의 동생' 내가 그녀를 사랑하나요, 동생을 사랑하나요? 전형적인 바람둥이의 문장이죠? 학생들은 웃지 않는다 바르게 쓰라고 정확하게 간결하게 쓰라고 어떻게 써야 바르고 간결하냐고 뭐가 정확한 거냐고 물으면 얼버무린다 세상을 살다 보면 말이지 그리고 항상 십 분 전에 끝낸다 그래야 학생들도 나도 구내식당에서 점심을 먹을 수 있다 남들이 가슴에 손을 얹고 반성을 하는 동안 대오각성을 하는 동안 시인들이 자신의 감수성을 벼리는 동안 나는 점심을

먹는다 점심을 먹고 또다시 수업을 한다 여학생 몇몇이

20

깔깔 웃어 주면 정말 기분이 좋다 어떤 때는 덩치 좋은 남학생 등짝을 손바닥으로 철썩 치기도 한다 사람 봐 가면서 앞뒤 봐 가면서 남들이 가슴에 손을 얹고 반성을 하는 동안 스스로 성찰을 하는 동안 나는 학생들의 표정을 살핀다 돈이 있으면 매시간 뭐라도 사 먹이면서 했으면 좋겠다 집에 와서 발을 닦으며 이제야 비로소 감사의 기도를 드린다

나는 이제

비정규직도 흔쾌히 받아들이기로 했다 내가 축생이라고 짐승 같다고 인간답게 살겠다고 바둥거리다가는 아귀가 되는 수가 있다 지옥에 떨어지는 수가 있다 지옥만 아니라면 누가 나에게 아니다 아니다 너는 아니다 딱지를 붙여 주면 자존심도 상하고 경제적으로 쪼들려도 그렇습니다 저는 아닙니다 지옥으로 보내지만 않으신다면 이제 이세상에 얼마 안 남으신 정규직님 봉급을 제때제때 받고 봉급을 떼여 본 적이 없으신 분들 김수영은 가정을 알려면 돈을 떼여 보면 된다고 했는데 이제 이 세상에 얼마 안 남은 온전한 가정을 꾸리시는 분들 나는 이제 비정규직도 흔쾌히 받아들이기로 했다 알바 자리도 쉽지 않은 세상 비정규직도 서류에 시험에 면접에 얼마나 까다롭게 굴던지 그리고 정규직과 어울려 일을 하게 되는데 네가 알바였을 때 실업자였을 때를 생각해 봐라 충고를 하는데

현장법사

나는 현장에서 활동한다 현장 체질이다 현장은 만만하지 않지만 나는 늘 현장에 있다 현장은 현장이라서 있는 것도 많고 없는 것도 많다 나는 베개 없이 잠을 잔 적도 있고 물이 새는 집에서 한 달을 산 적도 있다 한겨울 일요일 저녁 원룸 갑자기 전기가 나가 냉방에서 하룻밤을 오들오들 떤 적도 있다 종이컵에 소주를 따라 마신 적도 있고 갑자기 직장에서 잘린 적도 있다 요즘도 지금 다니는 직장에서 잘리는 꿈을 꾸기도 한다 나는 현장에서 맨손으로 먹고 자고 일하지만 가끔 장갑을 끼기도 한다 나에게 답은 현장에 있다 항상 현장에서 발로 뛰어라,라고 충고를 해 주신 분도 있다 나는 예 알겠습니다 공손하게 대답했다 거기도 현장이었다 현장은 현장이라서 어떤 현장은 서로 보살피고 돌보고 정이 넘친다 라면 김밥 떡볶이 순대가 그렇게 맛이 있을 수가 없다 바닷가재를 먹는 현장에 있었을 때 정말 살얼음 같은 현장이었다 현장만 아니었다면, 같이 있던 사람들은 서로 눈을 마주치며 여기는 현장이 아니라는 듯

안심상속원스톱서비스

나는 내 삶과 타협한다 타협해서 줄 건 주고 받을 건 받아서 잘 챙긴다 시간과도 타협하고 물과 공기와도 타협한다 신호등도 잘 지키고 끼어들기를 할 때는 꼭 깜빡이를 켠다 국밥을 먹고 나왔는데 막걸리 한 병 값이 계산이 되지 않아 도로 가서 주고 온 적도 있다 기특하다 얌전한 고양이처럼 눈치를 보면서 길거리의 돌부리와도 타협한다 연탄재도 함부로 발로 차지 않는다 나는 나의

위장과 간과 허파와 소장 대장과도 타협한다 잘 어르고 다스린다 쓰리면 참고 참지 못할 때는 액체 위장약을 먹는다 올봄에는 석 달 동안 아로나민을 가을에는 또 석 달 동안 우루사를 먹었다 눈의 피로 어깨 결림 근육통 등등이 완화되었다 이런저런 타협이 그런대로 그런대로 이제 죽음과도 타협해야 하는데˚ 오기는 꼭 올 것이지만 아직 시간과 장소는 모른다

●내가 죽으면 2017년 8월 31일부터 시작된 안심상속원스톱서비스를
통해서 상속재산을 조회할 수 있다 상속인 성년후견인 권한이 있는 한
정후견인과 그 대리인이 조회할 수 있다 가까운 시청이나 구청 읍·면·
동 주민센터에서 신청할 수 있고 온라인으로도 신청할 수 있으며 고인
의 금융 내역 토지·자동차·세금(체납액·미납액·환급액) 연금 가입 유
무를 확인할 수 있다

아프면 어쩌나 다치면 어쩌나

죽으면 어쩌나 이가 아프면 암에 걸리면 어쩌나 보험을
들었다 사고가 나면 다치면 아프면 내가 죽으면 이가 썩
으면 암에 걸리면 보험이 다

처리해 준다 줄 것이라 굳게 믿어 의심치 않는다

보험계리사라는 직업이 있다 확률을 공부한 사람들이
다 내가 다칠 확률 아플 확률 사고 날 확률 죽을 확률 이
가 썩을 확률 암에 걸릴 확률 다 계산해 놓았다 나는 그

오차범위 안에서 살아간다

묻지도 않고 따지지도 않고 내가 전화기 버튼을 누르는
동안 계산은 이미 다 끝났다

잔을 들어라

우울해서 술을 마신다 슬퍼서 마시고 부끄러워서 마시고 즐거워도 마신다 기뻐서 마시고 힘들어서 마시고 심심해서 마시고 괴로워서 마신다 할 일이 없어서 마시고 할 얘기가 있어서 같이 마신다 할 말이 없으면 없는 대로 묵묵히 마신다 목이 말라서 마시고 출출해서 마시고 짜증이 나서 마신다 피곤해서 마시고 잊으려고 마시고 수고했다고 마시고 평소대로 마시고 미친 듯이 마시고 꽃이 피니 마시고 낙엽이 지니 마시고 바람이 불어도 비가 와도 마신다 볕이 좋으면 좋으니까 마신다 야구를 보면서 마시고 뉴스를 보면서 마시고 드라마를 보면서 마시고 옛날 생각이 나서 마시고 지친 일상을 달래려고 마시고 오랜만에 친구를 만나 마시고 아무도 만나지 못해 홀로 마시고 문득 마시고 섣불리 마시고 살짝 마시고 너무 마시고 어설프게 마시고 천천히 마시고 아프게 마시고 고독하게 마시고 흥성흥성 마시고 품위 있게 마시고 군대 간다고 마시고 휴가 나왔다고 마시고 제대했다고 마시고 떨어졌다고 마시고 붙었다고 마시고 잘렸다고 마시고 간신히 살아남았다고 마시고 사는 동안 마신다 환갑이라고 진갑이라고 칠순이라고 팔순이라고 마신다 죽으면 죽었다고 장례라고 저희들끼리 마시고 제사라고 명절이라고 자꾸 잔을 부어 준다

고양이 세수

우리 사회의 민낯 언론계의 민낯 교육계의 민낯 법조계 정재계의 민낯 어느 재벌 가족의 민낯 이른바 선진국 인권 의식의 민낯 나는

나의 민낯이 두렵다 고양이도 민낯이 두려워 고양이 세수를 한다 예전에는 개도 똥강아지도 개 같은 경우 똥강아지 같은 경우였는데 지금은

씻고 닦고 치장하고 예의 바르고

밥상을 엎은 강아지를 앉혀 놓고 야단을 치면 시무룩 개 무룩 개가 사람보다 나을 때도 있다 나는 나의 민낯이 두렵다 다른 사람의 민낯도

두렵다 가끔 아무 두려움도 거리낌도 없이 들이대는 민낯을 만날 때가 있다 나도 민낯을 깔까? 개가 될까? 늑대가 될까? 여우가 될까? 나도

뱀처럼 전갈처럼 바퀴벌레처럼 아니면 물가의 나무처럼 졸졸 흐르는 시냇물처럼 흘러가는 구름처럼 바람처럼

어느 날 갑자기

와르르 무너져 내리는 산모퉁이처럼

밥

1.
벼가 쌀이 될 때
벼가 볍씨가 되지 못하고
껍질이 벗겨져 하얀
쌀이 될 때
쌀이 밥이 될 때
물을 머금고 잘 익어 쌀보다
더 하얀 밥이 될 때
내가 네 밥이냐 할 때
그 밥
김이 모락모락 올라오는 따뜻한 밥
더운밥이 찬밥이 될 때
찬밥 신세도 아니고
진짜 찬밥

2.
모내기를 마친 말끔한 논에
물이 찰랑찰랑
하늘이 비치고 구름이 비치고
어린 모들이 가지런 가지런

파릇파릇

봄·일요일

비가 오다 그치고 활짝 개었다 츄리닝 바람으로 재활용 쓰레기 분리수거를 하고 있는데 연두색 봄옷을 곱게 차려 입은 할머니 한 분이 우산을 지팡이 삼아 따각따각 다가 와서 공병을 챙기신다 거의 내가 버린 소주병이다 고개를 들다 흘깃 눈이 마주쳤다 내가 병이나 줍고 다닐 팔자는 아니었는데 너도 더 살아 봐라 저도 이런 싸구려 원룸에 살 사람은 아니었는데요 서로 눈빛으로 이야기를 나누었 다 할머니는 허리를 펴고 우산을 짚으며 따각따각 깔끔한 봄 햇살 속으로 돌아가시고 나는 사 층으로 올라가 좁은 방을 반짝반짝 반들반들 윤이 나게 쓸고 닦았다

제2부

꽃

꽃은 내가 그 이름을 불러 주기 전부터 꽃이었다 꽃은 내가 그 이름을 불러 주어도 내게 다가오지 않고 그냥 저만치 홀로 피어 있다 산이 좋아서 산에서 살아도 꽃은 저만치에 피어 있다 꽃은 내가 이름을 부를까 말까 고민하는 동안에도 꽃이고 이름을 부른 후에도 내내 꽃이다 갈 봄 여름 꽃은 내게 다가왔다 멀어지는 것이 아니라 저만치 홀로 피었다 지는 것이다 나의 아내는 내게 다가와 쭈글쭈글한 하나의 의미가 된 것이 아니라 저만치서 생생하게 홀로 살아가고 있다 나는 죽어도 아니 눈물 흘릴 뿐이다

개굴개굴 개구리

개굴개굴 개구리 노래를 한다
아들 손자 며어느리 다아 모여서
듣는 사람 없어도 개굴개굴
개애구리 목청도 좋다

이 노래가 얼마나 허무맹랑한지
밝히겠다 얼마나 그럴듯하게
우리를 속여 왔는지

도톨도톨 도토리 노래를 한다
아들 손자 며어느리 다아 모여서
듣는 사람 없어도 도톨도톨
도오토리 목청도 좋다

두껍두껍 두껍이 노래를 한다
아들 손자 며어느리 다아 모여서
듣는 사람 없어도 두껍두껍
두우꺼비 목청도 좋다

돌멩돌멩 돌멩이 노래를 한다

아들 손자 며어느리 다아 모여서
듣는 사람 없어도 돌멩돌멩
도올멩이 목청도 좋다

누룽누룽 누룽지 노래를 한다
아들 손자 며어느리 다아 모여서
듣는 사람 없어도 누룽누룽
누우룽지 목청도 좋다

광마우스로 인터넷에서 빵을 굽다가
—몇 번 태워 먹고 생각한 대로 구워지지 않아 애를 먹다가

1. 출산하는 바비 인형

산통을 느낀 바비 인형은 스스로 옷을 벗고 출산을 준비한다 바비 인형도 아이를 낳는 모습은 여느 산모와 똑같다 아이가 자궁을 통해 질 입구로 나오는 모습부터 출혈을 동반한다는 세세한 설정까지

2. 내 친구 싸이 게시판에서 본 건데

작성자: 아기똥풀 추천: 2

조회수: 8783 날짜: 2007. 4. 12. 10:04

친구가 시골 면사무소에 있을 때

어느 날 할아버지 한 분이 사망신고를 하러 오셨다

온화하시고 왜소하시고 귀 잘 안 들리시고

친구가 "할아버지, 할머니 주민등록증 회수할게요"

했더니 할머니 주민등록증을 가만히 쳐다보시더니

사진에 입을 맞추시더라고 그리곤

멋쩍은 듯 웃음을 지어 보이셨다고

3. 독수리 잡는 법

하늘을 걸어 올라가는 이치와 같음

방법 1. 독수리보다 빨리 뛰면 됨

2. 독수리가 날기 전에 잡으면 됨
주의 사항 1. 독수리보다 늦게 뛰면 안 됨
     2. 생각하지 말 것

3. 2007년 10월 26일 금요일
코스피지수 ▲ 43.39P ▲ 2.24% 1976.75
통합지수(KRX 100) ▲ 88.00P ▲ 2.27% 3968.18
코스닥지수 ▲ 11.91P ▲ 1.52% 793.70
거래량(만주) 44,823 거래대금(억원) 80,237

4.『돈키호테』25장「시에라 모레나에서 라만차의 용감
한 기사에게 일어난 기이한 일들과 벨테네브로스의 고행
을 흉내 내어 그가 한 일들에 대하여」중에서
  겉으로 우리에게 이렇게 보이는 것은 원래 그래서가 아
니라 마법사들이 우리 주변을 오가면서 주변의 모든 것들
을 자기 기분에 따라 둔갑시켰다가 다시 원래의 모습으로
만들어 놓곤 하기 때문이다

카트를 밀다가

열려라 참깨 라면이 우유가 과자가 산더미처럼 산더미
처럼 저 양파를 고추를 저 두부를 콩나물을 누가 다 먹을
까 소세지 어묵 단무지 돼지고기 소고기 닭고기 종류별로
부위별로 앞다리 뒷다리 허벅지 등 가슴 어깨 목 볶음용
구이용 잡채용 카레용 찌개 탕 갈치 고등어 꽁치 오징어
낙지 문어 문어숙회 전복 바지락 자반은 한 손씩 한 손씩
가지런 가지런 먹태 황태 마른오징어 진미채 아몬드 땅콩
열대과일 계절과일 그리고 계란 유정란 생명란 목초란 유
황란 메추리알 삶아서깐메추리알 꽈리고추와함께담가더
맛있는메추리알장조림 목우촌햄 건강한햄 더건강한햄 의
성마늘햄 스팸 스팸 편육 삶은 족발 순대는 돌돌 말아 비
닐로 단단하게 곱창은 야채와 함께 볶아서 냉동 오이 오
이지 오이소박이는 각각 멀리 떨어져 있고 동치미는 국물
만 따로 판다 동치미 국물을 만들 수 있는 스프도 있다 스
파게티 까르보나라 직화짜장 생면짜장 떡볶이 국물떡볶
이 매운떡볶이 간편떡볶이 쌀떡볶이 밀떡볶이 슬픈떡볶
이 바보떡볶이

즉석떡볶이 즉각떡볶이 낭만떡볶이 리얼떡볶이 궁중떡
볶이 신전떡볶이 감탄떡볶이 삼거리떡볶이 신당동떡볶이

40

압구정떡볶이 진주떡볶이 대전역떡볶이 유달산떡볶이 진
월떡볶이 착한떡볶이 부부떡볶이 유정떡볶이 양조간장떡
볶이 햇살담은떡볶이 태양초고추장떡볶이 사랑떡볶이 참
사랑떡볶이 내사랑떡볶이 한사랑떡볶이 마약떡볶이 수상
한떡볶이 미친떡볶이 LA떡볶이 바람떡볶이 소망떡볶이
옛날떡볶이 해물떡볶이 굴떡볶이 꿀떡볶이 쿨쿨떡볶이
어묵떡볶이 쫄쫄떡볶이 치즈떡볶이 고르곤졸라떡볶이 국
보떡볶이 운정떡볶이 대성떡볶이 LG생활건강떡볶이 GS
유통떡볶이 하나떡볶이 일편단심떡볶이 너도떡볶이 나도
떡볶이 너도나도떡볶이 양반떡볶이 전통떡볶이 통통떡볶
이 수제떡볶이 명품떡볶이 추억의떡볶이 배달떡볶이 심
심떡볶이 더매운떡볶이 동네떡볶이 실존떡볶이 생존떡볶
이 초현실떡볶이 단결떡볶이 충성떡볶이 이오육육떡볶이
수줍은떡볶이 빨간떡볶이 우리떡볶이 열린떡볶이 무한떡
볶이 상상떡볶이 놀란떡볶이

삼각형의 언어, 무회전의 언어

삼각형의 밑변은 내가 보기에 밑변이다 삼각형은 내가 보기에 삼각형이다

어떤 축구 선수는 도저히 각이 나오지 않는 데서 슛을 날려 골을 넣는다 골키퍼는 각을 줄이고자 달려 나오고

축구에 무회전 킥이 있다면 배구에는 무회전 서브가 있다 회전을 하지 않으면 예측을 할 수가 없다 살아 있는 생명처럼 흔들리며 날아간다 그러니까

공에게 일종의 숨을 불어넣는

삼각형은 한번 정해지고 나면 휘청거리거나 꿈틀대지 않는다 내각의 합이 180도라 쓸모가 많다

싸인 코싸인 탄젠트 인류 발전에 기여를 한다

나의 오른쪽 두뇌

　내가 하는 말은 나의 오른쪽 두뇌에서 만들어진다 나의 간장 소장 대장 췌장도 말을 하고 싶어하지만 나의 오른쪽 두뇌를 통하지 않고는 불가능하다 나의 오른쪽 두뇌는 나의 간장 소장 대장 췌장 맹장 허파 신장 그리고 각각의 뼈와 힘줄들이 보내는 신호를 내가 알아들을 수 있는 말들로 바꾼다 여기서 멈추지 않고 입을 움직여 당신이 알아들을 수 있는 말들로 바꾸기도 한다 어떤 때는 당신의 오른쪽 두뇌와 나의 오른쪽 두뇌가 대화를 나누기도 한다 간혹 미심쩍은 당신의 오른쪽 두뇌가 만들어 낸 말 때문에 나의 피가 한꺼번에 머리로 몰리면서 부글부글 끓어오를 때도 있지만 나의 오른쪽 두뇌는 안면 근육을 잡아당겨 살짝 웃는 얼굴을 만들고 당신의 피가 부글부글 끓어오를 만한 말들을 부글부글 찾아내고 부글부글 결합하느라 분주하다 나의 위장 간장 소장 대장이 피를 보내 달라고 아우성치지만 나의 오른쪽 두뇌는 들어줄 틈이 없다 내 몸 밖의 피를 끓어오르게 할 수 있다는 쾌감 여건이 허락된다면 말 한마디로 서너 명 수십 명 수백 수천 명을 동시에

느닷없이 고래꼬리

아무튼 고래꼬리 그래서 고래꼬리 그러므로 고래꼬리
왜냐하면 고래꼬리 그럼에도 불구하고 고래꼬리 다짜고
짜 고래꼬리 슬퍼도 고래꼬리 기뻐도 고래꼬리 그리고 고
래꼬리 오나가나 고래꼬리 괴로워도 고래꼬리 참고 참고
또 참고 고래꼬리 문제는 고래꼬리 결론도 고래꼬리 너도
나도 고래꼬리 망망대해 고래꼬리 백척간두 고래꼬리 함
포고복 고래꼬리 가도 가도 고래꼬리 그러니까 고래꼬리
어쩌다가 고래꼬리 글썽글썽 고래꼬리 아슬아슬 고래꼬
리 애면글면 고래꼬리 갈팡질팡 고래꼬리 오냐 오냐 고래
꼬리 불철주야 고래꼬리 딩딩 딩딩 고래꼬리 아롱아롱 고
래꼬리 도란도란 고래꼬리 어쨌든 고래꼬리 고래고래 고
래꼬리 홀로 남은 고래꼬리 막무가내 고래꼬리 어느덧 고
래꼬리 스리슬쩍 고래꼬리 되나가나 고래꼬리 연기처럼
고래꼬리 사라지는 고래꼬리

아, 글쎄 그 썩을 놈이

아, 글쎄 오늘 아침에 아, 글쎄 우리 집 강아지가 아, 글쎄 집에 오는데 아, 글쎄 자동차 뒷바퀴가 아, 글쎄 고등어 조림이 아, 글쎄 우산을 펴는데 아, 글쎄 꽃이 피는데 아, 글쎄 아장아장 아, 글쎄 소나기가 아, 글쎄 통장 번호가 아, 글쎄 그 감기라는 게 아, 글쎄 목욕탕에서 샤워기 꼭지를 돌리는데 아, 글쎄 수표 한 장이 아, 글쎄 볼펜 똥이 자꾸 아, 글쎄 손이 미끄러지면서 아, 글쎄 봄이 오는데 아, 글쎄 암이라잖아 폐암 아, 글쎄 쥐새끼 한 마리가 아, 글쎄 그게 유전자 변형이 일어나면서 아, 글쎄 스멀스멀 아, 글쎄 이따만 한 대왕고래가 아, 글쎄 여태 가만히 서 있던 가로수 하나가 아, 글쎄 그 미련탱이 곰탱이가 아, 글쎄 만 원에 세 개 만 원에 세 개 하도 시끄러워 나가 봤더니 아, 글쎄 나는 향내를 싫어하는데 아, 글쎄 나는 회를 좋아하지도 않아 소주를 넙죽넙죽 받아 마시는 사람도 아냐 아, 글쎄 그래도 그렇지 아, 글쎄 그래도 그건 아니지 아, 글쎄 아니라잖아 아, 글쎄 피리 부는 사나이가

비누

비유는 오래된 말의 땟국물을 씻어 낸다 보송보송 탄력 있게 매끄럽게 시들었던 죽었던 말들이 살아난다 꿈틀꿈틀 생생하게 살아 있는 말의 숨결이 느껴진다 예수님도 부처님도 비유로써 말씀하셨다 이를테면 예를 들어 알아듣기 쉽게 깨우치려고 닭의 모가지를 비틀어도 새벽은 온다 믿음이 없으면 비유를 이해할 수가 없다 지금은 전문적으로 연구하고 개발하고 보급하는 사람들도 있다 비교하고 분석해서 효과적인 효율적인 최적의 비유를 찾는다 더 강력한 비유 향기로운 비유 상쾌한 비유 참신한 비유 이제 누구라도 매일매일 비유를 쓴다 매일매일 새로운 거품

서슬 푸른

　소나무가 푸르듯이 서슬은 늘 푸르지만 현실에서는 서
슬에 눌려 감히 어쩔 수가 없지만 현실을 벗어나 서슬 붉
은 서슬 누런 여기는 현실이 아니니까 이래도 저래도 다
받아 주는 시 속이니까 연분홍 서슬 발그레한 서슬 수줍
은 서슬 서슬 따위 발끝으로 툭툭 차면서 짝다리를 짚고서
껌 좀 씹으면서 푸르딩딩한 서슬 엎어진 서슬 자빠진 서슬

물푸레

물푸레나무	물푸레마을	물푸레나라
물푸레정신	물푸레시대	물푸레소리
물푸레향기	물푸레언덕	물푸레작용
물푸레극장	물푸레병동	물푸레통신
물푸레공원	물푸레＿＿	물푸레구름
카페물푸레	물푸레클럽	물푸레수염
물푸레소동		물푸레바람
물푸레학교	물푸레눈썹	물푸레효과
물푸레춤	물푸레길	물푸레똥

여시아문

소라 소라 푸르른 소라

저는 분명히 이렇게 들었습니다

제3부

오늘 아침

내 시의 한 구절 '퍼져 나갔으면 하는 바람을 갖는다'를
'퍼져 나갔으면 하고 바란다'로 고쳤다 뿌듯하다

바람을 가지면 내가 가진 바람이 나를 어떻게 해 주겠
지 하는 태도를 내가 스스로 바라는 것으로 고친 것이다

1987

그때 나는 군인이었다 양평 20사단 80년에 광주 갔던 그 부대 사단의무근무대 제3중대 여주 62여단에 파견 나가 있었다 상병이었고 행정병이었다 중대장은 전주 출신 신경외과 전문의 도 대위 인사계는 진도 출신 하 상사 전투부대는

봄 내내 충정훈련 장갑차가 앞장서고 앗 앗앗 소리를 지르며 발을 구르며 연병장을 돌았다 도 대위는 창문 너머로 이놈의 군대가 전쟁을 안 하니 썩어서 혼자 중얼거렸다 옛날 광주에 갔다 왔던 인사계는 전투비상과 충정비상의 차이를 설명했다 죽으러 가는 거 아니고 싸우러 가는 거 아니고 의무대는 자리만 지키면 된다고 절대 혼자 다니지 말라고 드디어

진짜 충정비상 서울 모처로 출동 쉬쉬 한양대 한양대 살림살이를 602트럭에 실었다 나는 부대 일지 상황판을 챙겼다 저녁 먹고 어두워질 무렵 여단장 독일 육사 출신 대령이 같이 있던 기보대대 본부중대 정비중대 의무중대 다 모아 놓고 마이크를 잡았다 끝까지 쫓아가지 말고 대열 유지하고 겁만 주라고 우리는 경찰하고 달라서 장갑차

끌고 가서 절도 있게 행동하면 다 도망간다고 내가 견장
만 달면 왜 자꾸 사람이 죽냐고 이번에는 죽지 말라고 반
말이었는지 존댓말이었는지는 기억이 나지 않는다 부대
별로 흩어져서

　내무반에서 대기 어둠 속에서 차량들이 줄 맞춰 라이트
를 켜고 부릉부릉 무전 용어로 달구지 출렁대고 있었다 출
동 시간이 한 시간씩 한 시간씩 연기되었다 그날 우리는
전투화를 신고 잤다 자고 일어나 보니 차 시동이 꺼져 있
었다 식판 내려서 밥 먹고 씻어서 올려놓았다 점심 먹고
는 그냥 두었다 세숫대야 내려서 세수하고 TV 내려서 둘
러앉아 보다가 저녁에 모포 내리고 다음 날 매트리스 내
리고 간부들은 옹기종기 모여서

　출동 확률 70% 50% 30% 일주일을 그렇게 살았다 상
황 해제 며칠 후 6.29 선언 별별 설이 다 돌았는데 미군
이 서울 가는 길을 미리 다 막고 있었다는 설이 가장 유
력했다

나 하나 살기도 바쁜데

굳이 아름다울 필요가 있나?

이 기상과 이 맘으로 충성을 다하여
괴로우나 즐거우나 나라 사랑하세

나는 애국가 4절까지 외우고 있는
대한민국 국민의 한 사람으로서

이 기상과 이 맘으로?
어떤 기상과 어떤 맘인지
알 수가 없어서

굳이 아름다울 필요는 없지만

3절까지 부르는 동안 충분히
암시가 되어 있었는데 그것도
모르냐고 다그치면 할 말이 없지만

나 하나 살기도 바쁜데
애국가 4절까지 외우기도 힘든데

충성을 다하라는데
나라를 사랑하라는데

애국가를 4절까지 부르다 보면
한나절이 다 가는 것 같아 초조하고
조바심이 나는데

어떤 기상인지 어떤 맘인지
알 만한 사람이 왜 그러냐며
서로 잘 알지 않느냐며

도도 도레미 미레미파솔

나는 중학교 일 학년 때 이 노래를 배웠다 늘 영어 선생님을 따라다니던 미국 평화 봉사단 청년 선생님이 미국 산토끼 같은 노래라고 하면서 가르쳐 주었다

로로 로유어보트 젠틀리 다운더스트림
메으리 메으리 메으리 메으리 라이프이스 받어드림

이제야 해석이 좀 되지만 그때는 뜻도 모르고 불렀다 막 대문자 소문자 필기체를 배우고 있을 때였다

라이프이스 받어드림 정말 꿈같다

그때 그 평화 봉사단 청년은 한국에 한쿡에 왜 왔을까?(나는 이제 선생이 되어 학생들 글에서 왔었을까를 보면 '었'을 쏙 뽑아 버리는 습관을 가지고 있다 그런데 나도 왔었을까로 쓰고 싶을 때가 너무 많다)

얼마 안 되어 미국으로 미쿡으로 돌아갔겠지 평화롭게 평화를 위해 봉사하다가 젠틀리 다운더스트림 부드럽게 부드럽게 물결을 따라 떠내려가면서 로로 로유어보

트 각자

  자신의 노를 부지런히 저으면서 가끔 고개를 들어 하늘
을 보며 내가 만일 새라면 새였더라면 새였었더라면

『토지』를 읽다가

기생 기화를 만나러 평사리에서 진주로 가는 길이었다 기화가 한번 다녀가라고 기별을 했다 걸어갈까 하다가 자전거를 타고 가는데 갑자기 큰 차들이 덤비곤 해서 곤혹스러웠다 가다가 길을 잃었다 여긴 듯해서 가 보면 아니고 아니고 찾다 찾다 들어간 집이 길가 외갓집이었다 죽은 막내까지 외사촌 형제 셋이 낳은 아이들이 마루에 방에 가득했다 저희들끼리 키득거리다가 다가와서 쿡쿡 찔러 보고 당숙이라고 만 원짜리 한 장씩 주려고 지갑을 꺼냈는데 아무것도 없었다 돌아올 때 꼭 준다고 거듭거듭 말했다 출타 중이던 외삼촌이 오셔서 아이들 먼저 절을 시키고 나도 절을 했다 아이들이 하도 많아서 외삼촌 코앞에서 절을 하는데 아이들이 엉덩이를 쿡쿡 찌르고 못 일어나게 올라타고 큰형은 어디 가고 나는 둘째한테 돌아올 때 들릴 테니 소주랑 두부랑 준비해 놓으라고 둘째는 나가서 먹으면 되지 뭘 준비냐고 나는 주섬주섬 떠날 채비를 하다가 깨어났다 나는 기화를 만나러 가는 길이었는데 기화를 꼭 만날 일이 있었는데 기화를 만날 생각에 살짝 들떠 있었는데 아이들이 바글바글한 집에서 한나절을 허송하다 그냥 깨어났다 돌아오는 길에 술도 한잔하고 아이들한테 만 원짜리 한 장씩 쥐여 줘야 했는데 나중에 생각

해 보니 나한테 매달리던 아이들 중에 이미 죽은 아이 태어나지도 않은 아이도 있었다

나는 종속영양생물이다

독립영양생물은 빛에너지를 이용해 탄수화물을 합성한다 물과 이산화탄소가 재료다 물 중에서 산소는 버리고 수소만 쓴다

나는 종속영양생물이다 독립영양생물이 탄수화물을 합성하면 그 탄수화물을 빼앗아 먹는다 빼앗는 과정에서 독립영양생물은 대부분 죽거나 다친다 독립영양생물도 착한 놈들은 아니다

엽록체는 아주 옛날 단세포생물이었는데 그게 시아노박테리아 세균이다 그러니까 광합성생물의 선조들이 시아노박테리아를 잡아먹어 세포 안에 가둔 것이다 그래서 엽록체는 외막 내막 두 가지 세포막이 있다

엽록체는 엉뚱한 세포막에 갇혀 공장처럼 영양을 만들고 만들고 만들다가 풀이 죽을 때 나무가 죽을 때 같이 죽는 것이다 태어날 때부터 갇혀 있으니까 자기가 갇힌 줄도 모르고 조상 대대로 하도 오래되어 잡아먹힌 줄도 모르고

시아노박테리아는 요새도 냇물에 흔하게 있다는데 어

항 물을 갈아 주지 않고 내버려 두면 파랗게 떠다니다 미끌미끌 어항 벽에 달라붙는 것들이다 금방 생겼다가 쉽게 씻겨 내려가는 가볍고 자유롭고 귀찮고 간지럽고 번거로운

양파

헐렁한 속옷을 입은 그룹은 타이트한 속옷 그룹보다 온탕욕이나 자쿠지를 더 자주 즐기는 습관이 있음에도 불구하고 정자의 수나 운동성 등이 디 우수했다 헐렁한 속옷 그룹은 통계적으로 유의하게 정자 농도가 25% 정자 수는 17% 높거나 많았다 한 번 사정에서 운동성 있는 정자 수는 33% 더 많았고 FSH 수치는 14% 낮았다

생식선자극호르몬인 FSH의 농도는 타이트한 속옷을 입은 그룹에서 더 높게 높게 측정되었는데 올라간 고환 농도 탓에 호르몬이 보상적으로 더 분비되었거나 줄어든 정자 수에 대한 보상으로 더 분비되었을 수도 있다고 그럴 수도 있다고 그래서

나는 양파를 먹는다 나의 내 몸속의 혈액순환이 촉진될 것이며 위장 기능이 강화될 것이며 체력이 보강될 것이며 혈액 속의 콜레스테롤 농도가 저하될 것이며 심장 혈관의 혈류량이 증가될 것이다

혈액순환이 촉진되고 위장 기능이 강화되고 체력이 보강되면 콜레스테롤 농도가 저하되고 혈류량이 증가되면

나는

　더 침착하고 정확하고 예리하고 여유로워질 것이다 안
달복달 눈앞의 이익에 연연하지 않고 더 멀리 더 넓게 볼
수 있을 것이다 봄을 즐기고 가을을 느낄 수 있을 것이다

　피의 흐름이 원활하고 소화가 잘되고 편두통이 머리를
쪼아 대지 않는다면

양파의 날

8월 8일 양파의 날이다 내가 정했다 양파를 심고 가꾸고 캐고 쌓고 나르고 저장하고 팔고 사고 되팔고 까고 씻고 요리하고 너무들 애를 낳이 쓰는데 아무노 신경 쓰지 않는 것 같아서 내가 정했다 양파의 날 양파는 양파대로 얼마나 고생이 많은가 달고 맵고 사각거리고 페쿠친 퀘세틴 캠페롤 면역력 항암 산화 방지 다이어트 둥글게 둥글게 까도 까도 양파처럼 양파의 날이 정착되면 성공을 거두면 대파의 날 쪽파의 날도 정할 것이다 미나리의 날 시금치의 날 도라지의 날 홍고추 청고추의 날 마늘 생강의 날

헬리코박터

내 위에 헬리코박터균이 있다고 간호사는 가급적 빨리 병원에 와서 살균할 수 있는 약을 처방받으라고 내가 야쿠르트 먹으면 되지 않겠냐고 했더니 어이없다는 듯이

헬리코박터, 군집 생활을 할 것이다 이곳저곳 살아 보다가 인간의 위에 정착했을 것이다 그리고 인간의 위에 맞게 진화했을 것이다 한 인간의 위에서 다른 인간의 위로 옮겨 가기 위해 무던 애를 쓸 것이다 옮겨 가다 죽는 놈도 있을 것이다

인간에 의해 멸종 위기에 처할 수도 있을 것이다 천연두처럼 쑥부쟁이처럼 밍크고래처럼

쥐처럼 바퀴벌레처럼 강한 번식력으로 스스로를 지킬 수도 있을 것이다 아무튼 인간이 그 존재를 안 이상 가만두지는 않을 것이다

온도가 높아지면 분자 활동이 활발해진다

—

    내가 어제 먹은 커피믹스 속의 프림은 이제 내 몸속에서 서서히 지방으로 변하고 있겠지 지방 지방 체지방 체지방 덩어리

    내 장 속에서 유해균과 유익균이 싸우고 있다 당장 맞붙어 싸우지는 않더라도 때를 기다리며 세를 구축하고 있다 중간균은 어디에 붙어야 하나 살금살금 눈치를 보며 전전긍긍 나는 유익균을 돕기 위해 액티브 프로바이오틱스 한 봉다리를 털어 넣지만 유산균은 장까지 도달하기 전에 대부분 죽는다

    내 심장이 정지한다고 내 몸의 세포들이 일시에 다 죽지는 않을 것이다 피의 흐름이 멈추면서 산소를 공급받지도 못하고 노폐물이 빠져나가지도 못하면서 영문도 모른 채 약한 놈부터 바깥쪽부터 나라가 망하듯이 지구가 망하듯이 그리고

    식물과 벌레와 미생물의 먹이가 될 것이다 뿌리로 입으로 화학반응으로 나는 내 몸은 옮겨 다니고 변할 것이다 슬픔 고독 연민 즐거움 환희 분노

—

등등도 아주 아주 작게 쪼개져 내가 거느리고 있다 흩어지는 세포에 분자에 원자에 붙어 다닐 것이다 다른 슬픔 고독 연민 즐거움 환희 분노

등등과 스치거나 엉겨 붙어 변하고 옮겨 다닐 것이다 내가 지금 다른 사람들과 스치거나 엉겨 붙어 변하고 옮겨 다니는 것처럼

플루토, 어둠의 별

수금지화목토천해명
습관처럼 따라붙는 명 명왕성
태양계에서 퇴출당하셨습니다
자격 미달입니다
첫째 크기 둘째 이심률 셋째 궤도면
넷째 가장 결정적인 이유
카론과 이중행성, 자기 구역에서조차
카론의 중력에 휘둘려 맞돌고 있는
주제에 행성은 무슨
나머지 8개 행성은 오로지 태양을
향해서만 돌고 있고 그 어떤 위성이나
행성의 영향을 받지 않는다는 것
2006년 8월 24일 이천오백 명의
천문학자들이 모였고 이야기 다
끝났습니다 왜소행성으로 분류되고
국제소행성센터(MPC)로부터
134340이라는 번호를 부여받으셨습니다

새로운 행성의 조건
1. 태양 주위를 돌 것

2. 충분한 질량을 가져 자체 중력으로
   유체역학적 평형을 이룰 것
3. 공전 구역 내에서 지배적 역할을 할 것

쓰레기

쓰레기들이 비를 맞고 있다 종이류 플라스틱류 유리병 비닐류 스티로폼 일반 쓰레기 쓰레기답게 섞이고 흩어져 쓰레기답게 비를 맞고 있다 내가 안도현 시인이라면 쓰레기 함부로 발로 차지 마라 너는 한 번이라도 어떤 것의 껍데기였던 적이 있느냐? 무엇을 포장해 주고 감싸 주고 있다가 버려진 적이 있느냐? 빈 소주병처럼 쌍화탕 병처럼 허무해 본 적이 있느냐? 비를 맞고 있는 신문지처럼 종이 박스처럼 쓸모없어졌다가 더 쓸모없어진 적이 있느냐? 준엄하게 묻고 따져 볼 것인데 야옹야옹 보이지도 않는 곳에서 고양이들이 야옹 야옹 그나마 음식물 쓰레기는 뚜껑이라도 있어서

뱀

뱀이 구운 계란을 먹으면 어떻게 되나? 삶은 계란을 무정란을 먹으면 어떻게 되나? 뱀은 교미 시간이 무척 길다는데 성기가 두 개라서 교대로 한다는데 기껏 교미를 했는데 알이 안 생기면 어떻게 하나? 알이 죽어서 나온다거나 상해서 나오면 어떻게 하나? 어디를 빨리 가다가 아주 아주 작은 가시에 배가 살짝 긁혀 상처가 나면 어떻게 되나? 진주가 되거나 티눈이 되거나 그렇게 되나? 까치독사가 살모사가 능구렁이가 배가 고프다고 소를 돼지를 삼킬 수는 없겠지만 냉동실 소고기 돼지고기를 잘 녹여서 한입 크기로 썰어 주면 먹을 수 있나? 돼지비계를 소화시킬 수 있나? 원래 일어날 수 없는 일들인가?

맞춤법에 맞춰

띄어쓰기를 하면서 시를 쓴다 손가락으로 볼펜을 움직여 잉크가 볼을 따라 제대로 잘 흘러나오도록 적당히 힘을 주어 종이를 누르며 글자를 적는다 되도록 문법에 맞게 맞춤법 띄어쓰기에 신경을 쓰면서 신중하게 헛소리들을 적어 나간다 나의 뇌가 지시를 하면 손가락은 자연스럽게 움직인다 그게 저의 할 일이라는 듯 나의 손가락이 제대로 움직이지 않는다면 볼펜 속의 조그마한 볼이 제대로 구르지 않는다면 나는 어떻게 시를 쓸 수 있을까 종이가 글자를 튕겨 낸다면 나는 무슨 수로 이따위 것들을 적을 수 있을까 종이가 제 운명인 척 볼펜에서 흘러나오는 잉크를 받아 준다 고맙다 종이야 잉크야 볼펜 심 속에서 지금도 구르고 있는 볼아 중력 법칙에 따라 흘러나오는 잉크들아

제4부

보름달

멀리서 달이 나를
잡아당겨 내가
조금 가벼워진다

멀리서 달이 나를
어루만져 내가
조금 부드러워진다

예술가들

　

—

　서문시장 복작복작한 시장통을 비집고, 큰북을 등에 지고 발을 굴러 둥둥 울리며 기타를 치며 목에 건 하모니카를 불며 노래를 부르며 있는 힘껏 흥을 돋구는데 목소리는 갈라지고 둘러앉은 마당에 먼지는 풀풀 날리고 무슨 약을 팔았는지는 기억이 나지 않는다

　옛날 서문동에 있던 차부 맞은편 공터, 각목에 커다란 돌멩이를 묶고 아슬아슬 균형을 잡아 세워 놓고 이목을 끌던 약장수 각목을 외발 삼아 콩콩 뛰는 시범을 보인다고 뻥을 쳤는데 끝내 그 시범은 보지 못했다 남자아이 콧기름을 손가락에 묻혀 자주색 보자기에 집어넣었다 꺼내면 앞면에 세종대왕 뒷면에 한국은행이 그려진 백 원짜리 지폐가 한 장씩 척척 나왔다 여자아이 콧기름을 묻히면 돈이 나오지 않았다 어른 콧기름도 마찬가지였다 집에서 아이 놓고 돈이나 꺼내지 왜 나왔냐고 하시는 분들 있는데 이게 다 눈속임입니다 아저씨는 아기 씨가 있어 아저씨고 아주머니는 아기 주머니가 있어서 아주머니라고 너스레를 떠는데 구경꾼이 거의 아이들이라 약은 잘 안 팔렸다

　청도관 옆 노깡을 찍어 내던 노지 한 귀퉁이, 기생충 약

78

을 팔던 약장수 만만한 어린애 하나를 골라 약을 먹이고
즉석에서 응가를 시켰다 굵은 실타래 같은 기생충 한 마
리가 쏙 빠져나왔다 발로 쓱쓱 문질러 죽이면서 의기양양
이렇게 약효가 좋다고 목청을 높였다 두 마리 세 마리 목
청이 점점 높아졌다 네 마리 다섯 마리 갑자기 애를 일으
켜 세우더니 빨리 집에 가서 어른들하고 병원에 가 보라고
지금 생각해도 무슨 조홧속이었는지 모르겠다

무심천 변 서문다리 근처 뚝방 옆, 제법 공연단을 꾸리
고 트럭에 제단을 차리고 부처님을 모셔 놓고 차력을 하
던 약장수 주먹을 쥐고 붕대를 감은 왼손에 칼을 통과시
키는 묘기 미리 칼로 각목을 쓱쓱 베어 보이는 것은 기본
고등학생쯤 되어 보이는 누나들이 농악대 옷을 입고 공연
을 도왔는데 마이크를 잡은 메인 약장수가 또래 친구들은
학교 다니는데 시집갈 때 요강이라도 하나라도 자기 힘으
로 마련해 가려는 기특한 아이들이라고 박수 한번 주시라
고 그때 누나들은 머리를 맞대고 공기놀이 중 그리고 이
약은 스님들이 부처님 앞에서 하나하나 공들여 만들었다
고 곽을 뜯으면 지금도 은은하게 향내가 난다고 그래서 다
른 건 다 괜찮은데 개고기는 절대 삼가야 한다고 무슨 논

리인지는 모르겠으나 자못 진지 경건

처서 며칠 지나 한밤중에

　놀람교향곡은 이제 놀랍지 않다 언제 놀라는지 왜 놀라는지 다 알고 있다 가끔 놀라는 척하는 사람들도 있다 교향곡도 나이를 먹으면 어린애가 된다 속이 빤히 들여다보이고 천진난만 천진난만 운명은 샴푸 광고에서도 코미디에서도 배경음악이 된다 빠바바밤 진짜 운명을 들을 때 샴푸가 코미디가 생각나 웃음을 참느라 하긴 부처님도 오래되니까 부처님 손바닥 부처님 가운데 토막 같은 비유가 생겨났다 너의 왼손이 하는 일을 오른손이 모르게 하라 왼뺨을 때리면 오른뺨을 내밀라는 말씀은 농담이 되었다 조직폭력배 사기꾼들이 시의적절하게 써먹는 말이다 맹모삼천지교 참 나 맹자 어머니께서도 좀 어지간히 하시지 근데 내가 무슨 말을 하다 여기까지

북어를 먹으면 속이 풀린다

나는 황태채를 골랐다

갈기갈기 찢어져 있었다

바닷사람 황태채
밤에는 얼고 낮에는 녹기를 몇십 회……
정성껏 손질한 영양건강식품입니다
부드럽고 담백한 맛~
부드러운~ [건포류]

　제품 유형은 건어포류 원료원산지 러시아 성분은 명태
100% 제조국은 중국 수입자는 (주)금송제이브이 서울
중구 을지로 소분원은 진영농수산 광주서제6호 포장 재
질은 폴리플로필렌 포장지는 풍화산업에서 공급했다 포
장지 제조 허가는 경기 포천 중량은 100g 장기간 보관 시
에는 수분 감량으로 인하여 중량이 다소 부족할 수도 있다

　북어를 먹으면 속이 풀린다

　러시아 중국 서울 광주 포천 명태를 잡고 말리고 갈기

갈기 찢고 수입하고 검역을 받고 세관을 통과하고 중량을
재고 포장지를 만들어 공급하고 비행기를 타고 계약하고
도장 찍고 악수하고 잘 부탁한다고 밥 먹고 술 먹고 컨테
이너를 싣고 내리고 열고 다시 트럭에 싣고 달리고 창고에
쌓고 또다시 작은 트럭에 나눠 싣고 또 달리고

　　명태는 명태대로 얼고 녹기를
　　반복하고 부드러워지라고 담백해지라고

　　살아 있는 명태는 살아 있는 명태대로
　　바닷속을 헤엄쳐 다니고 싱싱하게 통통하게
　　살이 오르고

65년생 박순원

나는 어쩌다 꼰대가 되었나?
어떻게 꼰대가 되었나?

나는 남자로 태어났고 곧이어 형이 되었고 오빠가 되었
다 맏이므로 형이었으므로 오빠였으므로 가난한 형편에
재수까지 해서 서울서 대학을 다녔다 다니다가

군대에 갔다 남아의 끓는 피 조국에 바쳐 큰소리로 노래
를 부르며 행진했다 그때 군대는 전 세계에서 제일 후지고
규율이 없었다 우리보다 더 후진 군대를 다녀온 사람들은
군대를 갔다 와야 사람이 된다고 남자가 된다고 나는 사
람도 싫고 남자도 싫었다 그리고 또

예비군 민방위 술을 마시고 담배를 피우고 여자를 꼬시
고 차이고 군대에 다시 가는 꿈을 꾸고 사람답게 남자답
게 어리석고 어설펐고 게을렀다

두 손을 가지런히 모으고
아부의 아부의 아부의 아부를

84

그냥 하기 싫습니다
이유도 대책도 마련도 없이

치욕을 칫솔이라고 생각하고
남 일처럼 멀뚱멀뚱

술에 취해서 지나가던 차를 발로 차서
돈을 물어 준 적도 있다

결과적으로 결론적으로 나는 꼰대가 되었다

담배도 끊고 술도 줄이고 건강식품 영양제 아프면 죽으면 폐가 될까 짐이 될까 묻지도 않고 따지지도 않고 보험도 들고

노래방에서 왠지 비어 있는 내 가슴이 다시 못 올 것에 대하여 낭만에 대하여 소리를 높이고 높이다가 노래보다도 노래가 끝나고 윙윙대는 텅텅 울리는 마이크 소리가 더 슬퍼서

박강 박민규

ㅡ

　나도 한두 달 박원이라는 필명을 쓴 적이 있는데 박민
규가 그럼 저는 박규 빡큐가 되나요? 우리는 활짝 웃으
며 술잔을 부딪쳤다 그때 우리에게는 내일이 있었다 있
다고 믿었다

　　8년을 사귀었는데 헤어
　　졌어요 처가살이 시가살이 서울을
　　훨씬 벗어난 변두리 끄트머리 옥탑방 지하
　　월셋방 별의별 생각을 다했는데 방법이
　　없어요 최소한이라는 것이 있잖아요
　　그냥 저 벌어서 저 먹고
　　나 벌어서 나 먹고

　그때 어름 박민규가 술자리에서 한 말을 그대로 적어 내
시 한 귀퉁이에 밀어 넣었다 나는 그렇게 시인 행세를 하
면서 지냈다 그리고 어느 날 박민규가

　박강이 되었다 그리고 『박카스 만세』 나는 또 되도 않는
시를 쓰고 발표도 했다 「박강정대 만세」

ㅡ　　·

    박강이 '박카스 만세' 곧이어서 박정대가 '체 게바라 만세' 뭔가? 이 연쇄적 만세는? 나는 한참을 망설인 끝에 동참하기로 한다 '박강정대 만세' 한때는 체 게바라 평전을 사면 사은품으로 체 게바라 얼굴이 찍힌 티셔츠도 줬는데 거리거리에 체 게바라가 넘쳐나던 때도 있었는데 하긴 요샌 박카스도 비타500에 약간 밀리는 추세니까 피로 회복도 안 되고 혁명도 안 되고 박강정대 '박카스 : 체 게바라 만세' 피로와 혁명을 동시에 잡아 드립니다 나는 이 둘이 최씨였으면 정말 딱이었을 것이라고 생각한다

    아주 예전 예전에 동아제약 영업 사원 박민규 한때 박강이었으나 이제 그것도 필요 없다 벗어던진 박민규 전자 기타를 장만했는데 앰프 스피커 살 돈이 없어서 기타를 애인처럼 바라보고 쓰다듬고 어루만지기만 하던

주문 즉시 관 배달

팔십 년대 초반 조성민 이상규 최용희 김덕근 지중환 지범식 홍종만 박순원 백승권 유동범 작은 조성민 이재표 등등 우리는 고등학생이었다 설명하자면 길다 이재표가 한 짓이다

시화전 하는데 문집 만드는데 학교에서 돈을 안 주니까 동네도 돌고 친구 아버지도 찾아다니고 그때 돈으로 이만 오천 원씩 받아서 문집 뒤표지에

동아약국 '장원규 약사 친절 상담'
보나르화방 '미술재료전문점 청주문화사랑방'
대흥상포장의사 '주문 즉시 관 배달'

교장 교감 지시 아래 국어과가 나서서 즉시 전량 회수 폐기되었다 우리는 하늘이 무너지는 듯하였으나 교장은 노발대발하였으나 교감 국어과는 안절부절못하였으나

'주문 즉시 관 배달'

뭐가 문제란 말인가? 친구 아버지 장례업자가 전직 국

회의원 감시받던 정치 규제 대상자라서? 말하자면 길다
팔십 년대 초반 우리는 자못 진지하고 심각하였으나 스스
로 지금보다 더 시인이었으나

샤릉

샤릉합니다 당신을 샤릉합니다 당신이 나를 샤릉해 주신다면 우리는 서로 샤릉하는 사이입니다 샤릉 샤릉 어화 둥둥 내 샤릉 서로 샤릉하라 네 이웃을 네 몸과 같이 샤릉하라 너 자신을 샤릉하라 샤릉이 꽃피는 나무 샤르릉 샤르릉 비켜나세요 샤르릉이 나갑니다 샤르르르릉 샤릉 샤릉 내 샤릉이야 이리 보아도 내 샤릉 저리 보아도 내 샤릉 샤릉해 당신을 정말로 샤릉해 당신이 떠나간 뒤에 얼마나 눈물을 샤릉을 하기 위한 열 가지 조건 끝없는 샤릉 지독한 샤릉 바보 같은 샤릉 치명적 샤릉 샤릉 샤릉 샤르르릉 샤릉해선 안 될 사람을 샤릉하는 죄이라서 더 깊은 샤릉 빠져 죽고 얼어 죽을 샤릉 샤릉 샤릉 그놈의 샤릉 타령 순수한 고귀한 샤릉 죽어 가는 모든 것을 샤릉 샤르릉 샤르릉 샤르르릉

어리둥절

어리어리둥절 나는 책을 읽다가 어리둥절이라는 말을 보자마자 시를 쓰고 싶어졌다 어리둥절 어리어리둥절 곧 볼펜 뚜껑을 열고 글자들을 쓰기 시작했다 볼펜도 종이도 볼펜 속의 잉크들도 어리둥절 어리어리둥절 나는 나중에 이 글자들을 컴퓨터에 입력할 것이고 컴퓨터는 내 손가락 끝의 지시를 받아 침착하게 정보를 처리할 것이다 저장 출력 송고 등등이 내 뜻대로 이루어질 것이다 어리둥절 어리어리둥절 나는 갑자기 이 새벽에 어리둥절 어리어리둥절이 이 세계 끝까지 멀리멀리까지 퍼져 나갔으면 하고 바란다 어리둥절 어리어리둥절 공기를 부드럽게 밀면서 빙글빙글 돌면서

뉘엿뉘엿

내가 잘 아는 말인데 써 본 적이 없다 뉘엿뉘엿 뉘엿뉘
엿 요즘 들어 자주 만나지도 못한다 우리 주변에 뉘엿뉘
엿 움직이던 것들이 다 없어져 버렸다 그래서 내가 뉘엿뉘
엿을 불러냈다 한가하게 뉘엿뉘엿 막걸리를 마셔야 할 것
같았다 뉘엿뉘엿 그래 뉘엿뉘엿 뉘엿뉘엿 사실 나는 도대
체 뭐가 정확하게 뉘엿뉘엿인지도 모른다 내가 뉘엿뉘엿
움직일 수 있을까 뉘엿뉘엿 막걸리 잔을 들 수 있을까 뉘
엿뉘엿 입장에서도 뭐가 딱히 뉘엿뉘엿이라고 말할 만한
게 없다 무엇이 어떻게 뉘엿뉘엿할 수 있을까 뉘엿뉘엿은
원래 그 뜻이 무엇일까 왜 우리말에 뉘엿뉘엿이 있을까 이
제 좀처럼 모습을 드러내지 않는 뉘엿뉘엿 그냥 보고 싶어
서 자꾸 불러 본다 뉘엿뉘엿 뉘엿뉘엿

말 그대로 산문, 여기저기 흩어져 있던

1.

예전에 '깔'을 가지고 시를 쓴 적이 있다. 깔을 아주 위엄 있고 무의미하게 죽죽 그려 나갔는데…… 때깔도 빛깔도 깔깔도 아닌 깔 그 자체로 신비롭게…… 지금은 어디 있는지 모르겠다.

2.

띠롤, 내가 만든 말이다. 띠와 롤의 합성어다. 띠는 여러분들이 알고 있는 띠이고 롤도 여러분들이 알고 있는 롤이다.

3.

무용지용(無用之用), 쓸모없음의 쓸모, 이런 말 좀 없었으면 좋겠다. 쓸모 있는 것은 쓸모 있는 것, 쓸모없는 것은 쓸모없는 것, 딱 딱 구별되어 간결했으면 좋겠다. 깊은 뜻 가지고 사람을 우롱하지 않았으면 좋겠다. 사랑한다는 말에는 사랑한다는 뜻만 있었으면 좋겠다.

4.

오장환은 "백석이 시인이 아니라 시를 장난, 즉 향락한 모던 청년에 그쳐 버린다"라고 비판하였다. 나는 시를 향락하고 싶다. 장난하고 싶다. 모던 청년이 되고 싶다. 뭘 더 바라랴. 그때 중국은 내전 중이었고, 일본은 만주국을 세우고 오족협화를 내세우고, 총독부가 치안 행정을 담당하고 임시정부는 피난을 다니고 있었고, 모던 청년은 시를 향락하고, 또 다른 청년은 비판하고

5.

지나가다 가로수에게 묻는다. 너는 계급이 뭐니? 나무 중에서 너 정도면 어느 정도니? 나는 사람 중에 시인이고 지식인 계급이야. 989cc 경차를 타고 다니지만 자부심이 강하지. 저 앞 산속에 빽빽하게 들어선 나무 중 하나하고 너하고 누가 더 낫니? 청와대 정원 나무하고 너하고 누가 더 행복하니? 평균 누가 더 오래 사니?

6.

나는 어쩌다가 시인이 되었다. 허영심에 시인이 되었다. 운명도 아니고 뭣도 아니다. 살다 보니 이렇게 된 것이다. 나는 시인이라는 나쁜 운명과 싸우는 중이 아니다. 그냥 인생을 살아가고 있을 뿐이다. 나는 시를 향락하는 모던

청년이고 싶었다. 팃검불이 되어 시에 묻어가고 싶었다.

7.

내가 생선 한 마리를 먹으면, 나의 위까지 도달하는 데 칠 초가 걸린다. 쭉 한 번에 미끄러져 내려가지 못하고 잠깐씩 멈칫멈칫하는가 보다.

8.

성찰. 성(省)은 자신의 내면을 살피는 것이고, 찰(察)은 바깥을 살피는 것이다. 그래서 의사가 나를 살피면 진찰이 되고, 내가 나를 살피면 반성이 되는 것이다. 소화는 음식물을 몸속에서 태우는 것이다. 태워서 열을 내고, 내 몸이 따뜻해지고 힘이 나는 것이다. 내가 나를 성찰한 결과다.

9.

뉴욕이 말똥 때문에 망한다고 입을 모은 적이 있었다고 한다. 때마침 자동차가 나와 모든 걱정이 사라졌다. 그때 마차를 부수고 말을 죽이는 것만이 살길이라고 입을 모은 사람들이 얼마나 머쓱했을까? 앞으로도 또 뭔 수가 있겠지.

인생극장

—앞으로도 또 뭔 수가 있겠지

김영희(문학평론가)

'버티기'와 계산되는 삶

상품과 마케팅 사회에서 계산되고 수치화되는 것은 중요하다. 객관적인 숫자에 의해, 개인과 조직의 과거가 단편적으로 요약되는 한편 미래는 예측되고 통제 가능해진다. 이를 기반으로 주체의 논리가 만들어진다. 박순원의 시집 『흰 빨래는 희게 빨고 검은 빨래 검게 빨아』의 첫 번째 시 「흐르는 강물처럼」은 갑을병정에게는 각각의 논리가 있다는 선언으로 시작된다. 하지만 주지하다시피, 현대사회에서 갑을병정의 논리는 동일한 권리와 몫을 인정받지 못한다. 특히 "정"과 "갑 오브 갑"의 논리가 그러한데, "사실 정의 논리는 논리라고 하기도 좀 그렇다 갑 오브 갑은 논리가 필요 없다". 앞의 선언은 이 문장에 이르러 의미가 역전된다. 개인이든 조직이든 미래는 불확실성으로 점철되고 통제는 불가능해진다. 현대의 일상과 시스템은 계산과 숫자를 추구하지만, 동시에 수치와 논리가 무의미해지는 역설을 포함하고 있다.

시집을 몇 장 넘기면, 우리는 바로 자신의 업무가 계산되고 숫자로 환원되는 냉혹한 현실을 만나게 되고, 갑의 취향과 지시에 의해 합리적 사유와 대응이 무가치해지는 현실을 마주하게 된다. 하지만 이들은 근본적으로 계리(計利), 즉 '이익의 많고 적음을 재는' 세계를 전제하거나 추구한다는 점에서 다르지 않다. 『흰 빨래는 희게 빨고 검은 빨래 검게 빨아』는 이 세계를 살아 내는 "65년생 박순원"(「65년생 박순원」)의 '인생극장'을 펼쳐 보인다. 인생극장은 처음 읽으면 희극으로 보이지만 다시 읽으면 비극으로 상영된다. 시집을 넘기고 장면이 전환될 때마다 우리는 '저항의 웃음'과 함께, 버티기, 우기기, 비틀기의 '삶과 시'의 기술을 만나게 된다.

교양교육원장은 글쓰기 향상도 수치를 제출하라고 했다
영어는 이미 영어 학습 능력 향상도 영어 학습 전략 동기 향
상도를 제출했다 평균 표준편차 유의확률 사전 사후 진단평
가 결과 평균값 유의미한 상승 사전 사후 설문조사 결과 내
적 목표 과제 가치 자기효능감 시연 정교화 조직화 영역 유
의미한 평균값 상승

내년에 수십 억이 걸린 평가에서 영어하고 딱 비교해서
문제 생기면 독박 쓰시겠냐고

고개를 갸웃거리는 동안 영어 선생이

그게 왜 안 되지? 이상하네

그동안 얼마나 게으르고 안일했던가 세상이 어떻게 돌아

가는지도 모르고 잘 알겠다고 고맙다고 말씀드리면서 뒷걸

음으로 물러 나오면서 머릿속은 온통 평균값이 상승하지 않

으면 어찌나

—「멧새 소리」 부분

화자는 대학에서 글쓰기를 가르치고 있는데 "교양교육
원장"으로부터 "글쓰기 향상도 수치를 제출하라"는 지시
를 받는다. 구체적으로 "평균 표준편차 유의확률 사전 사
후 진단평가 결과 평균값"…… 등의 수치를 작성해야 하
는 것이다. 숫자는 "평가"와 "비교"의 대상이 되고 결과는
"수십 억" 예산과 결부된다. 글쓰기를 "향상도"라는 개념으
로 수치화하는 것이 가능한가. 그 수치는 실제 향상도를 명
확히 드러낼 수 있는 것인가. 의문이 생기는 한편, "평균값
이 상승하지 않으면 어쩌나" 하는 걱정이 밀려온다. 화자
가 회의와 근심으로 "고개를 갸웃거리는 동안" 이미 향상
도 수치를 제출한 영어 선생은 "그게 왜 안 되지" 의아해한
다. 영어 선생은 화자가 "모르고" 있다고 자인한 '세상 돌아
가는' 논리, 즉 수치, 비교, 평가의 원리, 교육이 서비스 상
품이 되고 수치가 실적이 되는 정황을 이미 체현하고 있는
존재인 것이다.

이어지는 연에서 글쓰기 선생들의 수만큼 다양한 수업 방식이 묘사되는 것은, 글쓰기 향상도를 '획일적인' 기준으로 수치화하는 것의 어려움과 무의미함을 간접적으로 보여준다. 결국 객관적인 숫자를 위해 평가해야 하는 것은 "맞춤법", "띄어쓰기" 같은 것들이다. 글자를 "흘려"쓰거나 "갈겨"쓰지는 않았는지 "줄 간격"은 잘 맞추었는지 등도 살펴야 한다. 하지만 이 같은 항목으로 글쓰기 능력 향상을 증명하는 것은 일견 난센스라는 것을 알고 있기 때문에, 독자들은 시인의 유머러스한 문장을 마주하고도 웃지 못한다.

종이컵을 만지작거리며 종이컵에게 말하듯이 그동안 우리끼리 너무 행복했습니다 이제 세상으로 나가야 합니다 망아지 같은 글쓰기들이 여물통 앞에 선 것처럼 나란히 나란히 며칠 후

깨알 같은 숫자들이 날아왔다 조심조심 쏟아질라 엎어질라 숫자들을 모아 새로 표를 만들고 블록 합계 블록 평균 향상도 3.7 학생들의 글쓰기 능력이 3.7만큼 향상되었다 물론 반올림 이 작고 아름답고 만만한 숫자를 엄지와 검지 사이에 넣고 오랫동안 만지작거렸다 아, 이 탄력과 볼륨

이제 지옥에 가도 할 말이 생겼다 우리는 학생들 글쓰기 능력을 3.7 향상시켰습니다

가르마 같은 논길을 따라 꿈속을 가듯 걷는데
고맙게 잘 자란 보리밭처럼 3.7

　　　　　　　　　　　　　　—「멧새 소리」부분

　향상도 수치를 제출해야 하는 상황에 아연실색하던 글쓰기 선생들은 며칠 후 "깨알 같은 숫자"를 산출해 냈다. 숫자는 아름답고 소중하므로, "조심조심 쏟아질라 엎어질라" 애지중지 모아, 합계, 평균 계산을 통해, "향상도 3.7"의 수치를 완성하였다. 이 숫자가 학생들의 글쓰기 실력이 향상되었음을 실증해 줄 것이다. 박순원 시의 유머는 시인이 현실에서 느끼는 비애가 깊어질수록 희극적으로 고조된다. 화자가 "꿈속"을 걷는 것 같은 기분으로, "향상도 3.7"이라는 숫자에 고마움을 느끼는 것은, 글쓰기 선생으로서의 보람을 드러내기도 하지만, 보다 사실적으로는, 수치화에 성공했다는 것, 평균값이 상승했다는 것, 숫자가 보증해 주므로 우리는 "할 말"이 생겼다는 것 때문이다. 무엇보다 "멧새 소리"로부터 벗어났기 때문이다.

해는 저물고 날은 다 가고 볕은 서러웁게 차갑다
나도 길다랗고 파리한 명태다
문턱에 꽁꽁 얼어서
가슴에 길다란 고드름이 달렸다

　　　　　　　　　　　　—백석, 「멧새 소리」부분

"멧새 소리"라고 했거니와, 시를 읽으면 시의 제목이 "멧새 소리"인 이유가 궁금해지는 한편 분명해진다. 시는 '멧새'와는 딱히 관련이 없어 보이지만, 이는 어쩔 수 없이 백석의 시 「멧새 소리」를 떠올리게 한다. 백석 시에도 '멧새'는 등장하지 않고, '명태'가 꽁꽁 언 채로 처마 끝에 매달려 있다. 시인은 '명태'를 보며 "나도 길다랗고 파리한 명태"라고 고백한다. 날은 저물고 볕마저 차가울 때, "문턱에 꽁꽁 얼어서/가슴에 길다란 고드름"을 달고 있는 '명태', 곧 '나'를 바라볼 때, 어딘가에서 들려오는 "멧새 소리"가 시인의 곤궁한 처지를 일깨웠는지도 모르겠다. 긴 시간을 건너와 "글쓰기 향상도 수치를 제출하라"는 원장의 지시는 "멧새 소리"가 되어 들려온다.

「아프면 어쩌나 다치면 어쩌나」에는 "보험계리사"가 등장하는데, 통계와 회계를 공부한 그들은 생로병사의 확률을 계산한다. '나'는 그 "오차범위 안에서" 살아가는 것이다. 위험은 가격이 매겨지고 거래되며 관리된다. 상품을 통해 불안은 믿음으로 전환된다. 「안심상속원스톱서비스」에서 상속재산은 신속하고 정확하게 조회된다. "이제 죽음과도 타협해야 하는데", 현실적인 타협안에는 죽음이 수치화되어 정산된다는 의미가 담겨 있다. 상속되는 것이 비단 재산만은 아닐 것이지만, 그 무엇보다도 정확한 숫자가 사람들을 안심하게 만든다. 상품과 서비스를 중심에 둔 안심과 믿음의 벨트는 그렇게 공고해진다. 꽁꽁 언 채로 처마 끝에 매달린 '명태'의 형상과 '멧새 소리'의 존재는, 계산되는 삶

속에서의 '버티기'의 일면을 보여 준다.

'우기기'와 저항의 웃음

박순원 시에서 현실에 대한 비판과 자신에 대한 반성은
유머와 결합되는 경우가 많다. 특유의 웃음 때문에, 현실
비판이 타자에 대한 원한으로 이어지거나, 자기반성이 상
부석인 자기혐오로 이어지지 않는다. 타인에 대한 적대나
자신에 대한 비웃음은 우리의 내면에 얼마간 항수처럼 존
재하지만, 일반적인 도덕규범이나 자기검열에 의해 '억압
된 말'이 되는 경우가 많다. 박순원은 유머를 통해 그 말들
을 해방시키고, 그런 면에서 박순원 시의 웃음은 '저항적'
의미를 지닌다.

갑은 갑의 논리가 있고 을은 을의 논리가 병은 병의 논리
정은 정의 논리가 있다 사실 정의 논리는 논리라고 하기도
좀 그렇다 갑 오브 갑은 논리가 필요 없다 정이 어느 날 이
걸 꼭 해야 하나요? 되묻는 순간 병이 된다 질적 변화 비약
을 하려면 자신을 버려야 한다 얼음이 물이 되고 물이 수증
기가 되는 것 철광석이 쇠가 되고 쇠가 철판이 되고 다시 자
동차가 되는 것과 마찬가지다 갑 오브 갑이 이게 왜 여기에
있지? 중얼거리면 이게를 둘러싼 모든 것들이 긴장한다 갑
오브 갑도 라면이 먹고 싶을 때가 있다 날아가는 비행기에
서는 기압이 낮아 병이 정이 아무리 발버둥 쳐도 라면을 맛
있게 끓일 수가 없다 그래서 을이 필요하다 을이 을을을 을

질을 해 주면 이를테면 비행기 고도를 낮추어 라면을 맛있
게 끓이고 다시 올라간다든가 생각을 해 보면 방법이 있을
것이다 물이 흐르듯 자연스러운 일이다

—「흐르는 강물처럼」 전문

계산되는 삶 속에서, 수치 비교와 양적 평가에 의해, 인
간은 갑을병정, 즉 질적으로 다른 존재가 된다. 상품으로
완성되는 과정에서 "철광석" "쇠" "철판" "자동차"가 질적으
로 다른 존재이듯이. 존재의 이동을 위해서는 "질적 변화",
즉 "비약"을 해야 하는데, 이는 "자신을 버려야" 가능하다.
이를테면 '정'이 "이걸 꼭 해야 하나요?"라고 저항적으로 되
물음으로써, 자신의 존재 가치, 혹은 상품으로서의 쓸모를
역설적으로 재확인하는 순간, '정'은 '병'이 된다. 자신을 버
리는 것은 '목숨을 건 도약'이다. 상품으로서의 가치를 입증
함으로써, 시장에서 판매되는 과정을 내면화하고 있기 때
문이다. 그러니까 "처갓집도 외갓집도 고향의 맛도 놀부도
원할머니도 이미 목숨을 걸었다 (중략) 비약만 하면 비약
만 할 수 있다면"(「비약 삐약삐약」, 『에르고스테롤』). 유사한 맥락
에서, 「북어를 먹으면 속이 풀린다」는 황태가 "바닷사람 황
태채"라는 상품으로 전화하여, "제품 유형은 건어포류 원료
원산지 러시아"로 시작되는 스펙을 달고, "계약하고 도장
찍고" 화폐로 교환되는 과정, 즉 황태가 러시아에서 '나'의
식탁으로 '도약하는' 과정을 보여 준다.
　운항 중인 비행기 안에서 "갑 오브 갑"의 라면을 맛있게

끓이는 방법에 대한 풍자적 서술은 "생각을 해 보면 방법이 있을 것이다"라는 진지해서 오히려 유머러스한 문장으로 마무리된다. 갑을병정의 인간 생태계에서 차별과 배제와 혐오는 위에서 아래로, 갑에서 정으로 흘러내린다. 이는 "물이 흐르듯 자연스러운 일"이라 하였으나, 그 자연스러움이란 실은 '논리라고 하기도 좀 그런' 혹은 '논리라는 게 필요 없는' 비상식과 몰염치에 의해 추동된다는 점에서, 전혀 자연스럽지 않은 일이기도 하다. 이는 위험과 고통과 불행은 아래에서 위로, 정에서 갑으로 역류한다는 사실이 자연스러운 일이나, 실은 전혀 자연스럽지 않은 일인 것과 마찬가지다. 그런 의미에서 「흐르는 강물처럼」의 유머러스한 문장들은 사회에 대한 저항의 웃음을 숨기고 있다.

나는 애면글면 제출한 논문이 게재 불가 반려되고 학교는 내년부터 오십 분 수업한다고 시간표 다 뒤집어엎어 뒤숭숭하고 아내는 백오십 이백 벌 데만 있으면 그냥 청주로 돌아오라고 나는 아무리 둘러봐도 백오십 이백이 어디서 나오냐고

우리는 한참을 같이 웃고 좋은 친군데 조민은 조민대로 성선경은 성선경대로 진주는 진주대로 시름이 깊고 각자각자 살다가 사는 중에 이렇게 만나서 그래 시라도 쓰기를 잘했다

하늘 같은 갓을 쓰고서 구름 같은 말을 타고서 못 본 듯
이 지나가는 나쁜 새끼들

　　나는 우리는 흰 빨래는 희게 빨고 검은 빨래 검게 빨아
맑은 공중에 반짝반짝 널어놓고 잠시 걸터앉아 자기 무르팍
을 주무르며
　　　　―「흰 빨래는 희게 빨고 검은 빨래 검게 빨아」 부분

「흰 빨래는 희게 빨고 검은 빨래 검게 빨아」는 서사 민요
「진주 낭군」의 모티브를 활용한 "우당탕탕" 진주 여행기이
다. '빨래 가다'라는 표현은 노동과 시름의 일상으로부터 벗
어나 벗도 좋고 술도 좋은, 그렇게 한참을 웃을 수 있는 '진
주 같은' 시간으로의 여행을 은유적으로 표현해 준다. 다섯
페이지에 걸친 긴 시인데, 장면 전환과 장면 묘사의 구성,
인물 간 대화와 구어체 화법으로 인해, 화자의 동선을 따라
가다 보면, 마치 한 편의 단편 영화를 보듯 시를 읽게 된다.
중간에 꿈인지 현실인지, 환상인지 실제인지를 가늠하기
어려운 장면이 오버랩되기도 한다. 예를 들어 "신나게 서로
떠들다가 잠들었는데" 이후에 이어지는 아래의 대화 장면
은 시인의 꿈인지, 잠들기 전의 대화를 삽입한 것인지 단정
하기 어렵다.

　　나는 다음에 시집을 내면 제목을 '흰 빨래는 희게 빨고
검은 빨래 검게 빨아'로 할 것이라고 했다 그리고 '아무거나

써 놓고 시라고 우기는 정신 오직 그 정신만이 시를 만든다'
서문도 써 놓았다고

"이렇게 만나" 진주 같은 시간을 보내지만, "사는 중에" 각자가 지고 사는 시름은 가볍지 않다. '나'는 힘들게 제출한 논문이 "게재 불가" 되고, 평가되고 개편되는 와중의 학교 일은 쉽지 않고, 가정 경제 여건도 녹록지만은 않다. 누구라도 안 그렇겠는가. "조민은 조민대로 성선경은 성선경대로" 각자의 시름이 깊다. 비단 개인의 사정만은 아닐 것이다. "하늘 같은 갓을 쓰고서 구름 같은 말을 타고서 못 본 듯이 지나가는 나쁜 새끼들"은 '진주 낭군'의 시대나 지금이나 여전하고, "갑 오브 갑"은 도처에 있다. 이렇듯 자기 몫의 근심과 "나쁜 새끼들"의 출몰에도, 우리는 여전히 각자의 노동과 빨래를 하고, 각자의 진주에 잠시 "걸터앉아 자기 무르팍을" 주무른다. "흰 빨래는 희게 빨고 검은 빨래 검게 빨아 맑은 공중에 반짝반짝 널어놓고" 빨래 노래를 부르며 자신의 노동과 시름을 위로한다. 산도 좋고 물도 좋은 진주 남강이 그러하듯이, 흰 빨래를 검게 빨고 검은 빨래를 희게 빨리 만무하듯이, 이 시에는 자연의 리듬과 상식의 세계가 담겨 있다. 시 속에서 '우리는 한참을 웃었다'는 표현이 반복되는데, 그 웃음이야말로 상품과 마케팅 사회에서 자신의 노동과 시름을 위로하는 웃음이며, "갑 오브 갑"과 "나쁜 새끼들"의 세계에 대항하여 자연성과 상식의 세계를 긍정하는 웃음이다.

'비틀기'와 시의 장난

「말 그대로 산문, 여기저기 흩어져 있던」에서 박순원은 '나는 시를 장난하고 싶다'고 선언한다. 이는 백석이 "시를 장난, 즉 향락한 모던 청년에 그쳐 버린다"는 오장환의 비판을 인용한 끝에 이어진 말인데, 여기서는 시대 현실의 맥락보다는 한 권의 시집을 통해 펼쳐 보이는 '시를 장난하다'의 의미와 면면을 살펴봐야 할 것 같다. 박순원 시에서 '시를 장난함'은 진지함에 대한 저항으로 읽히기도 하고, 농담과 말놀이와 재미로 경험되기도 하며, 정전 비틀기와 텍스트 변주의 기술로 확인되기도 한다. 예를 들어 「여시아문」이라는 시가 있는데, 여시아문(如是我聞)은 '나는 이와 같이 들었다'는 뜻으로 불경이 석가모니로부터 들은 말이라는 것을 밝히는 표현이다. 이에 대해 시인은 "소라 소라 푸르른 소라//저는 분명히 이렇게 들었습니다"라고 말함으로써, 부처의 말을 둘러싸고 있는 권위를 유쾌하게 비튼다. "놀람교향곡"은 놀랍지 않고, '운명교향곡'은 코미디의 배경이 되고, "너의 왼손이 하는 일을 오른손이 모르게 하라"는 예수의 말은 사기꾼들이 "시의적절하게 써먹는 말"로 변모한다. 그리고 이들은 모두 "근데 내가 무슨 말을 하다 여기까지"라는 마지막 문장을 통해 다시 한번 비틀어진다.(「처서 며칠 지나 한밤중에」)

나 하나 살기도 바쁜데

애국가 4절까지 외우기도 힘든데

충성을 다하라는데
나라를 사랑하라는데

애국가를 4절까지 부르다 보면
한나절이 다 가는 것 같아 초조하고
조바심이 나는데

어떤 기상인지 어떤 맘인지
알 만한 사람이 왜 그러냐며
서로 잘 알지 않느냐며

　　　　　　　　　　　─「나 하나 살기도 바쁜데」 부분

　시에 드러나 있는 우리 사회의 모습은 "나 하나 살기도
바쁜" 곳이다. 자발적으로는 아닌 것 같지만, 화자는 애국
가를 "4절까지 외우고 있"다. "이 기상과 이 맘으로" 충성을
다하고 나라를 사랑하라고 하는데, "어떤 기상과 어떤 맘인
지"는 알 수 없었다. 여기에는 모종의 규율(문화)과 맹목이
드리워져 있다. "나 하나 살기도 바쁜데" 애국가를 4절까
지 외운다는 건, 어떤 억압과 타의에 의해서 의무적으로 해
야 하는 무엇을 암시한다. "애국가를 4절까지 부르다 보면/
한나절이 다 가는 것 같"았다는 표현은 이를 은연중에 보여
준다. "나 하나 살기도 바쁜" 사회, 규율과 타의에 의해 '나'
의 "한나절"이 억압받는 사회에서 주체가 느끼는 감정은
"초조"와 "조바심"이다.

이 사회의 소통은 '암시의 언어'에 의해 이루어진다. "어떤 기상과 어떤 맘인지"에 대하여, 이 사회는 "3절까지 부르는 동안 충분히/암시가 되어 있었는데 그것도/모르냐고" 다그친다. 2절의 철갑 같은 기상과 3절의 밝은 달의 일편단심으로 이미 '눈치'를 챘어야 하는 것이다. 그러면서 "알 만한 사람이 왜 그러냐며/서로 잘 알지 않느냐며" 넌지시 말을 건네는 것이다. 이 문장은 우리 사회에서 떠도는 무수한 '귀띔'과 '곁눈질'의 말들을 떠올리게 한다. 명시적으로 말하기보다는, 사방에서 암시적으로 변죽을 울린다. 대상과 의도를 뚜렷이 밝히지 않고 말하고, 그 언어가 통용되는 집단과 경계를 만든다. 그러니 "어떤 기상과 어떤 맘인지"를 명민하게 파악하여 눈치껏 행동하기 위해서는 늘 "초조"하고 "조바심"이 나지 않겠는가. 애국가의 기상, 충성, 나라 사랑의 숭고한 언어는 「나 하나 살기도 바쁜데」에서 규율, 맹목, 불안의 언어와 만나 길항한다. 유머와 정전 비틀기는 시인 특유의 억압과 저항의 일면을 보여 준다.

라이프이스 받어드림 정말 꿈같다

(중략)

젠틀리 다운더스트림 부드럽게 부드럽게 물결을 따라 떠내려가면서 로로 로유어보트 각자

자신의 노를 부지런히 저으면서 가끔 고개를 들어 하늘
을 보며 내가 만일 새라면 새였더라면 새였었더라면
　　　　　　　　　　　　　　　　　―「도도 도레미 미레미파솔」 부분

　　시에는 두 명의 선생이 등장한다. '내'가 중학교 때 "미국
평화 봉사단 청년 선생님"은 'Row, row, row your boat'
라는 노래를 가르쳐 주었다. 시간이 흘러 '나'는 글쓰기 선
생이 되었고 학생들이 "왔었을까"라고 쓰면 "'었'을 쏙 뽑아
버리는 습관"이 생겼다. 그때 청년 선생의 교육이 평화를
위한 봉사의 일환이었다면, 지금 '나'의 교육은 제도와 규
칙에 매몰된 서비스 노동의 일종이다. "젠틀리 다운더스트
림"(Gently down the stream), 인생의 물결을 따라서 부드럽
게 떠내려가기는 하지만, "로로 로유어보트"(Row, row, row
your boat), 각자 자기 몫의 "노를 부지런히 저으면서" 가야
한다. 유유자적하며 흘러갈 수는 없는 것이다. "부지런히"
라는 말 속에는 노동하는 자의 무의식이 담겨 있다.
　　그렇게 자신의 노를 저으면서 "내가 만일 새라면 새였더
라면 새였었더라면"이라고 중얼거리는 것은, 어쩔 수 없는,
생의 결핍과 갈망을 드러내지만, 그 안에는 "었"에 대한 선
생으로서의 자각 또한 담겨 있다. "내가 만일 새라면"이라
는 주체의 소망과 의지 이면에는, "었"을 뽑아야 하는 "내
가 만일 새였었더라면"이라는 현실 자각과 억압이 자리하고
있는 것이다. 그러니 시인은 넌지시 "라이프이스 받어드림"
(Life is but a dream), '인생은 한낱 꿈과 같다'고 말해 보는 것

이 아닐까. 그 세계에서 시인은 결핍과 갈망을 "메으리 메으리"……, 즉 '명랑하게'(merrily)와 능숙하게 결합시킨다. 텍스트 비틀기와 '시의 장난'의 의미는 이 순간에 이르러 설움이 깊을수록 명랑의 발견이 필요하다는 사실을 알려 준다.

인생극장의 메으리(merrily)

앞에서 단편 영화 속의 한 장면을 보듯 한 편의 시를 읽게 된다고 했거니와, 『흰 빨래는 희게 빨고 검은 빨래 검게 빨아』는 에피소드의 도입, 구체적인 장면 묘사, 일상어와 구어체의 사용 등으로, 한 권의 시집 속에 "65년생 박순원"의 인생극장을 사실적으로 펼쳐 보인다. 인생극장은 언뜻 '중간균의 세계관'을 보여 주는 듯하다. "어디에 붙어야 하나 살금살금 눈치를 보며 전전긍긍"하는 "중간균"의 존재라든지(『온도가 높아지면 분자 활동이 활발해진다』), "사람 봐 가면서 앞뒤 봐 가면서" 학생들의 표정을 살피는 선생을 떠올려 보면 그렇다(『바르게 정확하게 간결하게』). 하지만 이들은 현실 비판과 자기 풍자라는 측면에서 특정하게 캐릭터화된 존재로 보이기도 한다. 인생극장의 화면은 근본적으로, "영문도 모른 채 약한 놈부터 바깥쪽부터 나라가 망하듯이 지구가 망하듯이" 무너지고(『온도가 높아지면 분자 활동이 활발해진다』), 사라지는 것들에 닿아 있다는 사실을 확인하게 되기 때문이다. 시인의 시선은, 비에 젖은 신문지처럼 "쓸모없어졌다가 더 쓸모없어진" 것(『쓰레기』), 태양계의 명왕성처럼 "자격 미달"이 되어 '퇴출당한' 것(『플루토, 어둠의 별』), 그렇게 "찬밥

신세도 아니고/진짜 찬밥"(「밥」)으로 존재하는 것들을 입술
꼭 깨물고 바라보고 있기 때문이다.

> 두 손을 가지런히 모으고
> 아부의 아부의 아부의 아부를
>
> 그냥 하기 싫습니다
> 이유도 대책도 마련도 없이
>
> 치욕을 칫솔이라고 생각하고
> 남 일처럼 멀뚱멀뚱
>
> ─「65년생 박순원」 부분

「65년생 박순원」은 3부로 나눠 볼 수 있을 것 같다. 1부
와 3부를 먼저 보면, 1부의 키워드는 "맏이"와 "군대"이다.
맏이였고 형이었고 오빠였기 때문에 "가난한 형편에 재수
까지 해서 서울서 대학을 다녔다". 대학을 다니다가 "전 세
계에서 제일 후지고 규율이 없었"던 군대에 다녀왔다. 3부
의 키워드는 "보험"과 '비애'이다. "아프면 죽으면 폐가 될
까 짐이 될까" '나'는 보험을 든다. "다시 못 올 것"에 대한
노래보다 노래가 끝난 후, "텅텅 울리는 마이크 소리"가 더
슬프게 들리는 나이가 되었다.

2부는 "아부"와 "치욕"의 시절을 보여 준다. "두 손을 가
지런히 모으고", 이는 기도의 자세가 아니라 아부를 거부하

기 위한 마음가짐에 가깝다. "아부의 아부의 아부의 아부를" 하기 싫었다. "그냥 하기 싫습니다/이유도 대책도 마련도 없이". 이것을 버티고, 우기고, 비트는 마음의 자세라고 말해 볼 수 있을까. 이는 "이걸 꼭 해야 하나요?"라는 말 속에 담겨 있는 저항의 기질과도 닮아 있다. 그래서인지, "치욕"을 '칫솔처럼' 곁에 두고 살아야 했으나, '나'는 치욕을 "남 일처럼 멀뚱멀뚱" 바라보며 살았다. 치욕에 매몰되지 않고 치욕을 응시할 수 있으니, 다행이라고 해야 할까. 하지만 어떤 울분과 설움이 그 안에 있어, '나'는 그만 "와르르 무너져 내리는" 생의 어떤 순간을 만나기도 한다(「고양이 세수」).

비가 오다 그치고 활짝 개었다 츄리닝 바람으로 재활용 쓰레기 분리수거를 하고 있는데 연두색 봄옷을 곱게 차려 입은 할머니 한 분이 우산을 지팡이 삼아 따각따각 다가와서 공병을 챙기신다 거의 내가 버린 소주병이다 고개를 들다 흘깃 눈이 마주쳤다 내가 병이나 줍고 다닐 팔자는 아니었는데 너도 더 살아 봐라 저도 이런 싸구려 원룸에 살 사람은 아니었는데요 서로 눈빛으로 이야기를 나누었다 할머니는 허리를 펴고 우산을 짚으며 따각따각 깔끔한 봄 햇살 속으로 돌아가시고 나는 사 층으로 올라가 좁은 방을 반짝반짝 반들반들 윤이 나게 쓸고 닦았다

—「봄・일요일」 전문

봄, 일요일, 쓰레기 분리수거장에서의 한 장면이다. '나'

는 "츄리닝 바람으로" 분리수거를 하고 있고, 프레임 안으로 할머니 한 분이 "우산을 지팡이 삼아 따각따각" 들어온다. "공병"을 챙기시는데 "거의 내가 버린 소주병"이다. 할머니와 '나'의 눈이 마주치고, 독자만이 들을 수 있는 대화가 이어진다. 할머니: "내가 병이나 줍고 다닐 팔자는 아니었는데 너도 더 살아 봐라". '나': "저도 이런 싸구려 원룸에 살 사람은 아니었는데요". 할머니는 프레임 밖으로 사라지고, 장면이 전환되어, '나'는 "좁은 방을 반짝반짝 반들반들 윤이 나게 쓸고 닦"고 있다. 할머니도 그렇고 '나'도 그렇고, 살다 보니, 어딘가 조금씩 어긋난 생이 되었다. 굳이 말하지 않아도 "눈빛으로" 알게 되는 순간들이 있다. 하지만 인생의 프레임 속의 시간들은 여전히 흘러가고, '나'는 '좁은 방을 쓸고 닦듯' 생을 꾸릴 것이다. "연두색 봄옷을 곱게 차려입은 할머니"는 이미 "돌아가시고" 잠시 '이생'에 다녀가신 것일 수도 있겠다.

뉴욕이 말똥 때문에 망한다고 입을 모은 적이 있었다고 한다. 때마침 자동차가 나와 모든 걱정이 사라졌다. 그때 마차를 부수고 말을 죽이는 것만이 살길이라고 입을 모은 사람들이 얼마나 머쓱했을까? 앞으로도 또 뭔 수가 있겠지.
　　　　　　　　　ㅡ「말 그대로 산문, 여기저기 흩어져 있던」 부분

'- 때문에 망한다', '-만이 살길이다'라고 '입을 모으는' 큰 목소리들은 시대와 사회를 막론하고 번성한다. 자신들

만이 명백한 이유와 유일한 해법을 가지고 있다는 듯 외친다. 하지만 뉴욕이 "말똥 때문에 망한다", "마차를 부수고 말을 죽이는 것만이 살길이라"는 주장과 해법이 그러하듯이, 그 목소리는 명백하지도 유일하지도 않다. "때마침 자동차가" 세상에 나오듯, 구원은 '예기치 않은 순간에' 찾아오기도 한다. 박순원의 시는 '- 때문에 망한다', '-만이 살길이다' 식의, 심각하고 절대적인 목소리, 권위적이고 폭력적인 목소리들과 "저만치"(「꽃」) 떨어져 있다. 『흰 빨래는 희게 빨고 검은 빨래 검게 빨아』에는 "갑 오브 갑"의 언어에 대항하여, 진지함, 절대성, 권위, 폭력의 목소리에 대항하여, "이걸 꼭 해야 하나요?"라고 버티고, "아무거나 써 놓고/시라고" 우기고(「시인의 말」), "라이프이스 받어드림"이라고 비트는 저항의 기술이 담겨 있다. "65년생 박순원"의 인생극장을 바라보는 시인 박순원은, 삶이 비애와 치욕으로 미만(彌滿)하기 때문에, '저항의 웃음'을 지으며, 생의 물결을 따라 '명랑하게' 노를 저어야 한다고 말한다. 분명 "앞으로도 또 뭔 수가" 있을 것이다.